Eines Nachts macht der Physiker David Mahler im Traum eine merkwürdige Entdeckung. Jahrelang hatte er sich mit dem Problem der Zeit beschäftigt, mit der Frage, ob ihre Richtung wirklich unumkehrbar ist – nun, plötzlich, hält er die Lösung in der Hand. Das älteste Gesetz der Natur ist in Frage gestellt und damit die Grundfesten der Welt. Wird ein Menschheitstraum wahr? Ist es möglich, in die Zukunft zu schauen? Und können die Menschen diesen Blick aushalten? Mahler will seiner ungeheuren Entdeckung Gehör verschaffen, aber ihm fehlt die Stimme im Wissenschaftsbetrieb. Wie gehetzt sucht er den Beistand des Nobelpreisträgers Valentinov, doch seltsame Zufälle verhindern immer aufs neue ein Zusammentreffen. In suggestivem Ton macht Daniel Kehlmann die Zweifel und Ahnungen seines Helden nachvollziehbar und den Leser zum Zeugen eines Experiments: dem Verschwimmen der Zeit.

Daniel Kehlmann, geboren 1975, lebt in Wien. 2005 publizierte er den Roman *Die Vermessung der Welt*.

suhrkamp taschenbuch 3847

Daniel Kehlmann
Mahlers Zeit
Roman

Suhrkamp

suhrkamp taschenbuch 3847
Erste Auflage 2006

Druck und Bindung: Ebner & Spiegel, Ulm
Printed in Germany
ISBN 3-518-45847-7
ISBN 978-3-518-45847-1

1 2 3 4 5 6 – 11 10 09 08 07 06

Who talks of Plato's spindle;
What set it whirling round?
Eternity may dwindle,
Time is unwound.

(W. B. Yeats: *Words for Music Perhaps)*

Wir dürfen uns nicht entmutigen lassen,
wenn neue Entdeckungen unerwartete Tiefen enthüllen.
Vielleicht möchte auch der eine oder andere behaupten,
die Natur habe unlautere Kniffe angewandt.

(Arthur Eddington: *Das Weltbild der Physik)*

I

In dieser Nacht machte David Mahler die wichtigste Entdeckung seines Lebens.

Ein Mann bewegte sich auf ihn zu. Er trug einen grauen Mantel, einen Hut und einen Aktenkoffer, und irgend etwas an ihm wirkte zugleich vertraut und bedrohlich. Er kam sehr schnell näher. Sein Mantel wehte hinter ihm, sein Hut saß etwas schief, der Koffer schlenkerte in seiner Hand. Dann war es kein Mann mehr, sondern eine Frau mit einer großen, viel zu großen Handtasche, dann ein kleines Mädchen mit dürren Armen und zwei Insektenflügeln, die über seinen Schultern zitterten ... David wollte loslaufen. Aber er fühlte sich erstarrt, als gehorchten ihm seine Beine nicht, als hätte er keine Beine oder überhaupt keinen Körper mehr; er wollte Luft holen und schreien, aber er hatte keine Stimme, und da war auch keine Luft; und die Gestalt war schon sehr nahe. Auf einmal zerrann sie, ihre Umrisse veränderten sich, wurden eins mit dem grünlichen Horizont, verschwanden. Und dann war selbst dieser Horizont nicht mehr da, und nur Davids Angst blieb, wie etwas Abstraktes, abgelöst von jeder Ursache, zurück. Für eine Weile, die er weder als lang noch als kurz empfand, sondern als eine seltsam zerdehnte Gegenwart, war ihm nichts anderes bewußt. Er war völlig allein mit seiner Furcht.

Trotzdem versuchte er, den Traum festzuhalten. Vergeblich: Für einen Moment konnte er sich noch erinnern, aber er wußte nicht mehr, an was er sich erinnerte, und dann, durch eine Bewegung seines Körpers, schwankte alles und kräuselte sich und löste sich auf. Es war vorbei. Er öffnete die Augen.

Das Licht zeichnete weißliche, geschwungene Linien auf die Zimmerdecke, eine neben der anderen. Nachdem er einige Zeit hingesehen hatte, schienen sie sich zu bewegen und in Wellen überzugehen. Als ein Auto vorbeifuhr, flammten sie für eine Sekunde gelb auf. Dann hörte er ein Geräusch neben sich. Aber er drehte den Kopf nicht, und er wandte die Augen nicht von der Decke ab, über die jetzt schon ein lautloser Strom von Helligkeit floß. Er fühlte, wie etwas klar wurde.

Eine schimmernde Struktur von Zahlen. Sie wuchs, bildete neue Kristallflächen, ein System gläserner Schönheit, und er sah zu und verstand. Er wußte, daß er sich nicht bewegen durfte. Alles andere mochte sich bewegen – die Welt draußen und auch das Zimmer; sogar sein Bett schien langsam durch den Raum zu treiben. Nur er durfte sich nicht rühren.

Sein Herz klopfte schneller. Das Bett vollführte eine plötzliche Drehung, ein hoher, eigenartig klarer Ton füllte für Sekunden die Luft. David hörte auf zu atmen. Das Licht floß schneller über die Decke. Ihm war schwindlig. Und dann konnte er nicht mehr anders: Er setzte sich auf, schlug die Decke zurück und stieg aus dem Bett.

Er ging auf das Fenster zu. Es wich vor ihm zurück; er ging schneller und erreichte es. Direkt darunter, auf der Straße, stand eine Laterne. Aber irgend etwas damit stimmte nicht; von ihr ging kein Licht aus; etwas fehlte: Die Kugel aus Milchglas, die an ihrer Spitze gewesen war, lag zerbrochen auf dem Asphalt. Ein Mann ging vorbei, die Scherben knirschten unter seinen Schuhen. David lehnte sich an die Scheibe, sie fühlte sich kühl an. Er drehte sich um, im Bett lag jemand, gleichmäßig atmend, mit geschlossenen Augen, der ihm bekannt vorkam. Er kam ihm sogar sehr bekannt vor. Er war es selbst.

David zuckte zurück. Und öffnete die Augen.

Er lag im Bett. Das Zimmer war dunkel und leer. Er streifte vorsichtig die Decke ab, stand auf und ging zum Fenster.

Das Glas beschlug von seinem Atem. Er wischte über die Scheibe und sah hinunter auf eine zerbrochene Straßenlaterne. Ein Auto fuhr brummend vorbei. Er drehte sich um. Das Zimmer lag harmlos vor ihm. Aber die Laterne war zerbrochen. Gestern abend war sie noch ganz gewesen.

Er ging zurück zum Bett – der Teppich fühlte sich weich an unter seinen nackten Füßen – und legte sich wieder hin. Er lag still und schloß die Augen. Neben ihm, auf dem Nachttisch, tickte seine Armbanduhr.

Und da sah er es wieder. Es nahm Gestalt an. Ein Gebilde reiner Mathematik, zum ersten Mal in seinem Leben, nach so langer Arbeit, er mußte nichts dafür tun, es ging wie von selbst. Zahlen, die noch nicht ganz Zahlen waren, Begriffe, die ihre Bedeutung erst erhalten würden, Formen, noch nicht eingetreten in die Welt. Und das Ticken der Uhr erzeugte den Rhythmus, spannte ein Gerüst auf, an dem Formeln entlangglitten, sich aufreihten, sich ordneten. David hörte, wie seine Atemzüge in ein Keuchen übergingen, aber er hielt die Augen geschlossen, und er bewegte sich nicht. Die Uhr tickte. Und dann war dieses Ticken, die immer gleiche Spanne von Stille zwischen dem immer gleichen Laut, nicht mehr Begleitung, sondern hatte sich ins Innere der Gedanken selbst geflochten; es erschien plötzlich – verständlich. Auf der Straße heulte ein Motor auf, falsch geschaltet. Und in diesem Moment explodierte in ihm, in einem versteckten, noch niemals aufgesuchten Ort seines Bewußtseins, eine Gewißheit. Entsandte warme, funkelnde Wellen in sich weitenden Kreisen; voran, hinaus, voran, durch David.

Eine Weile lag er da wie ein Toter. Die Uhr tickte, sonst war es still. Er öffnete die Augen.

Die Zimmerdecke hing über ihm, eine Fläche aus geglätteter Dunkelheit. Möbel formten graue Silhouetten. Das Viereck des Schrankes, die Umrisse des Schreibtisches, die gezackte Form des Sessels davor. Er wollte sich auf die Seite drehen, aber ihm fehlte die Kraft. »Endlich«, sagte er leise und fand, daß seine Stimme seltsam klang. »Endlich!«

Dann war etwas geschehen. Er versuchte einzuatmen, doch nun ging das nicht mehr; etwas preßte seine Lunge zusammen, schnürte ihm den Atem ab; sein Herz trommelte. Er streckte die Hand aus, tastete auf dem Nachttisch nach der Dose mit dem Nitrospray, stieß Gegenstände zur Seite, etwas fiel hinunter, er wußte nicht was, und die Dose war nicht da, nicht da ... Da spürte er sie in seiner Hand. Er führte sie zum Mund, umschloß das Mundstück mit den Lippen, atmete den bitteren Geschmack ein.

Er wartete. Die Uhr tickte zehn, fünfzehn ... zwanzig Mal. Jetzt war es besser. David atmete vorsichtig ein und aus und wieder ein. Die Spraydose glitt aus seinen Fingern und verschwand irgendwo im Bett. Sein Puls war nun langsamer, auch das Zittern hörte auf. Er drehte sich zur Seite.

Er widerstand der Versuchung, sich das Gebilde noch einmal vor Augen zu stellen. Das würde er morgen tun und übermorgen und dann immer, jeden Tag, es gehörte jetzt ihm. Er spürte, wie der Schlaf näherkam: Ein tiefer, sehr angenehmer, nicht bedrohlicher Schlaf. Hinter dem Ticken der Uhr und den Motorgeräuschen von draußen trat allmählich, wie ein leises Rauschen, die Stille hervor.

David lächelte.

II

Ein Pfeifen zerriß die Dunkelheit. Mechanisch streckte er die Hand aus und stellte den Wecker ab. Halb acht! David öffnete die Augen, drückte seinen Körper gegen das Gewicht des Schlafes und richtete sich auf.

Es regnete. Tropfen schlugen gegen das Glas und malten durchsichtige, nach unten zerrinnende Kreise. Er hatte Kopfschmerzen. Sein Mund war ausgetrocknet, bis tief hinunter in die Kehle. Er räusperte sich, schlug die Decke zurück und stieg aus dem Bett.

Einen Moment lang war ihm schwindlig. Die Formeln in seinem Gedächtnis: Ja, sie waren da, sie waren alle noch da. Er ging zum Fenster und öffnete es. Feuchtigkeit wehte ihm ins Gesicht; er kniff die Augen zusammen. Auf der Straße bewegten sich aufgespannte Regenschirme; ein Mann hielt sich eine Zeitung über den Kopf; ein Kind in einem Gummimantel sprang in eine Pfütze, das Kind sah auf, und für einen Augenblick begegneten sich ihre Blicke: es lächelte. Ein Straßenkehrer fegte Glasscherben zusammen, das Wasser rann von seiner Pelerine. Neben ihm ragte eine Laterne kopflos auf.

David trat zurück, schloß das Fenster und ließ sich in den Sessel fallen. Er starrte lange auf seinen Schreibtisch. Dann griff er nach dem Telefonhörer.

»Ja?« Frau Wimmer, die Sekretärin, kam immer schon vor acht ins Institut.

»Ich bin es«, sagte er, »ich kann nicht kommen. Ich fühle mich nicht gut.«

»Grippe?«

»Wahrscheinlich. Sie müssen jemanden für die Einführung finden.«

»Herr Doktor Mahler, dafür erreiche ich jetzt wirklich keinen...«

»Sie müssen aber. Ich kann nicht!« David hörte sie Luft holen, aber er kam ihr zuvor und legte auf.

Er überlegte einen Moment. Dann nahm er einen Bleistift, setzte die Spitze auf ein Blatt Papier und – begann. Es mußte aufgezeichnet werden. Er zögerte einen Moment: die Vierecke auf dem Papier lösten sich in einander kreuzende Schlangenlinien auf. Er rieb sich die Augen. Die Linien flossen aufeinander zu und erstarrten wieder zu winzigen, gleichmäßig leeren Kästchen. Quadrate, die darauf warteten, gefüllt zu werden. Die bereitstanden, alles, was er wußte, aufzunehmen.

Und er schrieb.

Von Zeit zu Zeit sah er auf: Der Wind wurde kräftiger. Sprühregen prasselte gegen Hauswände und Fenster; auf der Straße bückten sich Menschen, senkten die Köpfe, schoben beim Gehen eine Schulter vor oder stellten sich in Hausein gänge und warteten. Auf den Autofenstern schlugen die Scheibenwischer hin und her. Drei kleine Mädchen liefen vorbei, die Münder offen, die Gesichter naß dem Himmel zugekehrt, ein Hund folgte ihnen mit am Körper klebendem Fell. Da hörte der Regen auf. Aber erst nach einigen Minuten klappte ein Schirm zu, dann der nächste, dann fast alle. Der Himmel war überzogen von weißen Schlieren; sie wuchsen, schienen in die Breite zu fließen, und dann, wie durch eine chemische Umwandlung, wurde das Grau zu verschwimmender Helligkeit, leuchtendem Dunst. Vom Asphalt stiegen Schwaden weißer Feuchtigkeit. Ein Hund wälzte sich in einer schrumpfenden Pfütze. Die Wolken rissen auf; und endlich, umrahmt von einem Stück Blau, als bleiche Rundung gespiegelt in allen Pfützen, allen Windschutzscheiben, allen ihr zugewandten Fenstern, war die Sonne da. Der Hund rollte sich aus der Pfütze, zögerte einen Moment, trank einen Schluck des sich verfärbenden Wassers und rannte davon. Eine Glasscherbe am Rand des Bürgersteigs blinkte auf, gekrümmt wie ein hohler Spiegel, Splitter eines zerbrochenen Laternenkopfes.

David erschrak. Er fror. Für einen langen Moment wußte er nicht, wo er sich befand. Etwas war geschehen. Als wäre ein Riß durch ihn gegangen, als hätte ein Teil von ihm ihn verlassen; und plötzlich spürte er eine Bewegung: Etwas kam auf ihn zu. Vor ihm auf dem Tisch lag ein Stoß von dreißig beschriebenen Blättern, bekritzelt in einer großen, zittrigen Schrift: leicht schiefe Kolonnen von Zahlen, Skizzen, Kurven, die sich in weiten Bögen über das Papier schlängelten, Diagramme, die keinen Sinn zu haben schienen, beschriftet mit Zeichen, die er hatte erfinden müssen; aber all das war, wenn man es begriff, von leuchtend perfekter Klarheit. Wie spät war es? Die Sonne blendete ihn, brannte in seinen Augen, legte ein Gefühl feuchter Wärme auf seine Stirn.

David stand auf. Seine Glieder taten weh, seine Beine waren steif, und es fiel ihm schwer, die Arme auszustrecken. Auf dem Nachttisch lag noch immer seine Armbanduhr. Es war fast drei.

Er schaltete die Kaffeemaschine ein. Im Badezimmerspiegel betrachtete er eine Weile sein Gesicht. Dick und rötlich, mit einer breiten Nase und deutlich abstehenden Ohren; er hatte dieses Gesicht noch nie gerne gesehen. Er rasierte und wusch sich, ging in die Küche, trank drei Tassen Kaffee und spürte beunruhigt, wie sein Herz schneller pochte.

Er ging zu seinem Schreibtisch zurück. Im Bücherregal darüber standen aufgereiht die Werke von Newton, Boltzmann, Zermelo, Mach, Einstein, Prigogine, Valentinov. Daneben zehn Jahrgänge der *Facetten der Physik* in fünf dicken Sammelordnern, die er auswendig kannte. Tatsächlich auswendig: er wußte jedes Wort, das darin stand. Er griff nach dem Telefonhörer und wählte eine Nummer.

»Ja?« sagte Marcels Stimme. »Was?«

»Ich habe es geschafft. Ich habe die Lösung.«

»David, das paßt mir gerade nicht gut. Ich bin beim Weggehen ...«

»Ich habe es gelöst.«

Marcel schwieg. Dann hustete er. »Wirklich?«

»Ja.«

»Gratuliere«, sagte Marcel. »Treffen wir uns morgen? Um zehn?«

David antwortete nicht.

»Schön«, sagte Marcel, »dann bis morgen! Du solltest das feiern. Na ja, das machen wir morgen. Gratuliere!«

Es klickte, Marcel hatte aufgelegt.

David dachte einen Moment nach, dann wählte er eine andere Nummer.

Aber sie hob nicht ab, es war nur ihr Anrufbeantworter. Die Maschine pfiff, rauschte, hörte ihm zu.

»Das wirst du vielleicht nicht glauben«, sagte er langsam. »Aber ich bin gestern ... heute durch Zufall darauf gekommen. Ich habe es geschafft. Das wird alles ändern. Ich dachte, daß es dich interessiert. Vielleicht können wir uns ... treffen.« Er zögerte. »Ich gehe jetzt spazieren. Entschuldige, ich bin noch etwas ...« Er legte auf.

Hastig zog er sich an: Strümpfe, Hose, einen Pullover. Auf einmal hatte er Probleme mit den Schuhen: die Bänder widersetzten sich, es gelang ihm nicht, Schleifen zu binden. Im Treppenhaus grüßte ihn jemand, er antwortete nicht. Er schob die Hände in die Hosentaschen und trat auf die Straße.

Er blieb stehen und legte den Kopf in den Nacken. Die Sonne: rund und feurig und verschwimmend, eine warme Berührung auf seinem Gesicht; eine orange gefärbte Dunkelheit, wenn er die Augen schloß. Sein Magen knurrte, er hatte Hunger. Jemand rempelte ihn an, eine Schulter berührte seinen Oberarm, eine Hundeschnauze beschnüffelte seine Beine. Er fühlte hinter sich die zerstörte Laterne, sehr deutlich, wie eine schmerzende Stelle an seinem Körper. Und spürte auf seinem Gesicht, wie die Sonne hervortrat, verdeckt wurde, hervortrat, als versuchte sie, jemandem Signale zu geben.

Langsam ging er los. Der Boden fühlte sich hart und nicht ganz eben an, von den Plakaten am Straßenrand starrten Gesichter auf ihn herunter; tatsächlich auf ihn; ihm war, als ob er im Mittelpunkt einer verwirrend starken Aufmerksamkeit stand. Aber nein, sagte er sich, das ist eine Täuschung; das muß eine Täuschung sein! Er bog um die Ecke und stand an einer breiten, dröhnenden Straße.

Und spürte es, einige Sekunden, bevor er noch irgend etwas gesehen oder gehört hatte. Er senkte den Kopf und zog die Arme an sich. – Dann erfüllte ein metallenes Knirschen die Luft; und als David herumfuhr, sah er einen grünen Lastwagen, von der Fahrbahn abgekommen, an einer Hauswand entlangschrammen. Eine Frau schrie auf, ein Mann brüllte etwas; Menschen rannten davon, sprangen weg, ein Hund zog seine nutzlose Leine hinter sich her, ein Chor von Autohupen schwoll an und blieb schwerelos, leicht oszillierend, in der Luft stehen ... und der Augenblick gefror.

Der Lastwagen stand, ganz ruhig, auf zwei Rädern. Im Gleichgewicht und schwerelos. Als könnte es so bleiben. Und auch die Menschen waren erstarrt. Mitten auf der Straße, im Laufen, unter den schwebenden Akkorden der Hupen. Nur eine Taube durchkreuzte langsam, mit gleichmäßigen Flügelschlägen, den Himmel.

Dann war es vorbei. Der Lastwagen landete krachend auf der Seite. Die Menschen, immer mehr davon, rannten, die Hupen wurden übertönt vom Geschrei, und die Taube war nicht mehr zu sehen. Die Menschen rannten – David stellte sich auf die Zehenspitzen, um es besser sehen zu können – und wichen zurück, zurück ... wovor? Dann sah er es.

Vor der durchsichtigen Flüssigkeit, die ausrann und einen süßlichen Geruch verströmte. Sie breitete sich aus, in einem wachsenden Halbkreis; schon blitzte, spitz und lebendig, eine Flamme auf. Und noch eine, und jetzt waren es viele. Über der

Flüssigkeit, um den umgestürzten Lastwagen herum, auf ihm, neben ihm. – Da öffnete sich, senkrecht nach oben, die Tür der Fahrerkabine. Ein Mann in einem blauen Overall zwängte sich heraus, sprang hinunter, schaffte es irgendwie, auf die Füße zu kommen, und rannte los. Er hatte einen Schnurrbart und lange Haare, und über seine Stirn rann ein dünner Faden Blut. Seine Augen waren leicht gegeneinander verschoben, etwas an seinem Gesicht schien verformt ... Fast hätte er es geschafft.

Doch dann faßte eine Flamme nach ihm. Der Stoff seines Overalls sog sie an sich, und schon waren es mehr, und er war über und über bedeckt mit Feuer. David wich langsam zurück, Schritt für Schritt, ohne den Blick von dem Mann abzuwenden, der jetzt einen lautlosen Tanz vollführte, auf und ab, auf und ab sprang (warum schrie er nicht?), sich drehte, wieder sprang; und ein gelber Ballon, losgelassen von einem Kind, stieg langsam und fröhlich ins Blau.

Jemand hatte einen Feuerlöscher geholt: aus dem Schlauch spritzte weißer Schaum, die Flammen veränderten ihre Farbe, widerstanden einen Moment und erstickten in einem noch schillernden, dann matten Rot. Ein paar Seifenblasen lösten sich, trieben unbeachtet durch die Luft, zerplatzten. Der Wind breitete einen bösartig scharfen Geruch aus, David hielt sich eine Hand vor die Nase, schloß für eine Sekunde die Augen, war allein mit dem Gestank, dem hilflos schnellen Klopfen seines Herzens, dem Schreck, der ihm den Hals zuschnürte, und mit einem merkwürdigen Verdacht. Er öffnete die Augen.

Der Mann lag reglos da, mit dem Gesicht nach unten. Von seinem Overall war nichts geblieben, alles dahin, verwandelt in Licht und Wärme und etwas schwärzlichen Rauch, der über ihm aufstieg, sich auflöste, verschwand. Der Ballon war schon weit weg, kaum mehr zu sehen, nur noch ein Farbfleck. An ein paar Stellen brannte die Flüssigkeit noch, aber nun wurde auch dort gelöscht, und die Luft wurde besser. David wandte sich ab und bog um die Ecke.

Die Sonne stand niedrig im Westen. Alles sah wieder normal aus, ganz wie vorhin, als wäre nichts geschehen. Von den Plakaten blickten die gleichen Menschen, die gleichen Gesichter, die ein Lächeln vortäuschten, um zu verbergen, daß sie ihn ansahen. Es hat nichts zu bedeuten, sagte David leise, nichts, überhaupt nichts! Er bog um noch eine Ecke und ging auf seine Haustür zu. Davor stand jemand.

»Wo warst du?«

»Hast du ... lange gewartet?« fragte er, um sein Zögern zu verbergen. Für eine schreckliche Sekunde hatte er sie nicht erkannt. – Katja atmete schwer, ihre Haare waren unordentlich, ihr Gesicht, noch stärker als sonst, gerötet; sie mußte gelaufen sein. Sie nahm ihre Zigarette aus dem Mund und warf sie weg.

»Zu lange. Du siehst seltsam aus. Ist etwas passiert?«

Er hob die Schultern. »Nein! Nein, wieso? Gehen wir spazieren?«

Neben ihnen zogen Hauswände vorbei und dann, immer wieder, ihre Spiegelbilder im Glas der Schaufenster. Eine Frau mit schwarzen Haaren und einem schmalen Gesicht, die vor dem wechselnden Hintergrund von Radios, Zeitschriften, Schuhen und wieder Radios neben einem dicken Mann ging. Aus der Ferne hörte man die auf- und abschwellenden Töne von Sirenen.

»Du glaubst mir nicht, oder?«

»Ich glaube«, sagte sie, »daß du der Meinung bist, etwas entdeckt zu haben.«

Er lächelte schwach. »Sehr schlau.«

»Könnte es nicht sein, daß es für dich ganz richtig aussieht und daß trotzdem ein Fehler . . .«

»Nein«, sagte David. Sie schwiegen. Die Dächer glänzten schon rötlich, die Sonne würde bald untergehen.

»Es ist die Zeit, nicht?«

»Nicht direkt«, sagte er. »Ihre Richtung. Man hat etwas übersehen. Man hat das Wichtigste übersehen.«

Aus dem Abendrot fiel eine einzelne Krähe: zog

flatternd abwärts, stieß einen Schrei aus und landete auf dem Arm einer Fernsehantenne.

»Wollen wir da hineingehen?«

Katja folgte seinem Blick und bemerkte, daß sie vor einem Kino standen. Auf Plakaten posierten berühmte Schauspieler. Sie nickte überrascht.

Es war ein Film über einander tötende Verbrecher, es roch nach Fett und Popcorn, und der Saal war fast leer. Der Hauptdarsteller rannte eine Straße entlang und verschwand in einem Hauseingang; jemand verfolgte ihn, denn er besaß oder wußte etwas, das er nicht besitzen oder wissen durfte. Die Straße war schon geleert für ihr Zusammentreffen. In den Großaufnahmen wuchsen ihre Gesichter über viele Meter. David blinzelte. In seiner Nase spürte er noch, aber vielleicht war das eine Einbildung, den Geruch des Feuers.

Die Farben vor ihm vermischten sich, schienen zu zerrinnen, streckten sich, eingefaßt in Lichtstrahlen, in den Raum, hinaus, nach ihm. Und plötzlich, während der Hauptdarsteller eine silberne Pistole hob, ein Auge zukniff und zielte – gleich würde er schießen, gleich, und dann schoß er wirklich, und die Explosion raste wie ein Gewitter über die Sitzreihen –, spürte David eine Bewegung. Etwas kam. Bewegte sich auf ein Ziel zu; und das war . . . Er unterdrückte einen Aufschrei.

Als sie hinaustraten, dämmerte es. Laternen und Auslagen, Scheinwerfer und erleuchtete Fenster legten einen gelblichen Glanz auf die Straße. Zwischen den Dächern hing ein Stück dunkler Himmel.

»Was ist los?« fragte Katja. »Fehlt dir etwas?«

Er betrachtete sie, und für einen Moment war er nahe daran, sie zu umarmen und an sich zu ziehen; aber dann wurde ihm klar, daß er das nicht tun würde, jetzt nicht und auch nicht später, daß er es niemals tun würde. Er trat zurück und sah sie hilflos an. Hinter sich hörte er ein Murmeln; er war erleichtert, daß es einen Grund gab, sich umzudrehen.

Am Rand der Straße, gelehnt an eine Mauer, saß ein Mann mit einem langen, dreckigen Bart und einer Flasche in der Hand. Er sah alt, verwahrlost und schmutzig aus und bewegte hastig die Lippen, als redete er auf sich selbst ein oder auf jemand Unsichtbaren. Dann führte er die Flasche zum Mund. Trank, setzte sie ab, stöhnte, sprach weiter. David wandte sich ab.

Durch eine Pfütze zog blinkend das Spiegelbild eines Flugzeugs, eine dreieckige Anordnung von Lichtern. David streckte den Fuß aus und berührte sanft mit der Schuhspitze das Wasser. Das Flugzeug wuchs, verschwamm, verschwand. Er sah auf, um am Himmel danach zu suchen. Aber dort war es nicht. So scharf er auch hinsah: Es war nicht zu sehen.

III

Seine Schritte knirschten auf dem Kies. Die Luft füllte sich mit Grau, wie mit feinem Nebel. Am Himmel traten nach und nach die Sterne hervor. David setzte sich auf eine Parkbank. Nach einer Weile bemerkte er, daß neben ihm, auf dem lackierten Holz, eine Libelle schlief. Die Flügel ganz bewegungslos, das feine Netz nachgezeichnet vom Licht der Laterne.

Die alte Regel, dachte er. Die Natur hat keine Lücke. Die älteste Regel. Keine Fugen, keine Sprünge, nirgendwo. Darauf ruht alles. Das weiß jeder.

Wenn aber doch? Wenn es sie gibt? Sprünge und Risse, fallende Maschen im Gewebe; wenn das Netz löchrig ist? Gesetze, sie halten alles fest, ohne sie verschwänden wir im Chaos und in der Dunkelheit ...

Nun waren es schon mehr Sterne. Unmerklich war es Nacht geworden. Ein Hochhaus – das einzige der Stadt – verdoppelte die Lichter der Erde und das Dunkel darüber, und die fernen, ganz fernen Lichter von oben.

Und wenn ich den Fehler gefunden habe? Müßte man mich nicht ... Müßte nicht irgend jemand mich ...

Und wieso saß er hier, wieso war er nicht zu

Hause? Vor einer Stunde, oder womöglich war es schon länger her, hatte er sich von Katja verabschiedet; dann war er gegangen und gegangen, an erleuchteten Schaufenstern vorbei, über eine Hauptstraße, auf der es nur noch wenig, vielleicht auch gar nicht mehr, nach Kerosin roch, bis hierher, in den Park. Hier war er oft gewesen und hatte an seiner Theorie gearbeitet. Nun besaß er sie ganz und hatte die Lösung, und es war keine Theorie mehr, sondern Gewißheit, und sie machte ihm Angst. Er blickte um sich. Der Park war klein und häßlich und nicht sehr sauber, meist bevölkert von Rentnern und schreienden Kindern; doch um diese Zeit war er leer und beinahe schön.

Ja, es gibt sie – die Zeugnisse der Schwäche. Der Unvollkommenheit im Aufbau, Fehler eines zerstreuten Planers, Beweise eines mangelhaften Entwurfes, schlecht durchgeführt, auf ungeschickte Weise verborgen. Jene Sterne – er sah auf –, deren Schwere, zu stark angewachsen, nach innen stürzt, bis sie sich ballen und stärker ballen und ihre Materie keinen Ausweg mehr findet, als sich selbst zu durchdringen. Und sie taumeln durch den Raum, verformen ihn, verzerren die Zeit um sich, saugen Licht und allen Stoff in ihr mathematisches Nichts. Die Regeln gelten nicht überall. Sie können aufgehoben werden.

Da war die Libelle weggeflogen. So schnell, daß sie schon Erinnerung schien, als er sie noch sah:

Ihre leise summenden Flügel; kaum schienen sie sich zu bewegen; schon war sie in der Nacht. David horchte. Es war sehr still. Jemand, dachte er, wird sich neben mich setzen ...

Aber nichts geschah. Es war ruhig, die Geräusche der Stadt schienen gedämpft, und er hörte seinen Atem, und nach einer Weile hörte er nichts anderes mehr, und die Ruhe umfing ihn sehr fest, und dann mußte er eingeschlafen sein. Die Dunkelheit war weich und vollständig.

Er hörte Schritte. Jemand blieb stehen, die Bank knarrte, und dann saß jemand neben ihm. David drehte langsam den Kopf.

Es war der Alte, der vorhin neben dem Kinoausgang gesessen hatte. Er hielt immer noch die Flasche in der Hand, ein säuerlicher Geruch ging von ihm aus; wahrscheinlich lebte er hier im Park. Er atmete schwer, bewegte die Lippen, sah David nicht an.

»Wie bitte?« fragte David. Nein, er hatte sich verhört.

Der alte Mann führte die Flasche zum Mund, legte den Kopf in den Nacken und trank. Bei jedem Schluck sah man seinen Hals anschwellen, der Adamsapfel bewegte sich auf und ab. Er senkte den Kopf. Die Flasche löste sich aus seinen Fingern, fiel zu Boden und zerbrach in wegspritzende Scherben. Er stöhnte leise. Er atmete schnell und schwer. Bart und Haare waren zu Strähnen verklebt. Er schien Schmerzen zu haben.

»Kann ich ...« fragte David, räusperte sich, begann noch einmal. »Kann ich Ihnen helfen?«

Aber er antwortete nicht. David streckte zögernd, widerwillig die Hand aus und berührte ihn an der Schulter; der Stoff seiner Jacke war schmutzig und hart. »Kann ich Ihnen helfen?«

Er starrte David an und antwortete noch immer nicht. Er atmete langsamer. Ohne zu wissen warum, beugte sich David vor und berührte das Gesicht des Alten. Es war feucht. Sein Bart fühlte sich pelzig und naß an. Er keuchte. Seine Augen waren glasig.

David strich ihm über den Kopf, die Haare. Er atmete ruhiger. Über die Schulter und den Arm, und dann zog er die Hand zurück. Der Alte atmete nicht mehr.

David stand auf. Er fühlte keinen Schrecken, keine Angst, ihm war, als ob er es erwartet hatte. Am Horizont zeigte sich eine Linie aus blassem Licht; die Nacht würde bald vorüber sein; die Zeit war schnell vergangen, schneller als je, viel zu schnell. Der alte Mann saß starr da, seine Augen standen offen, sein Gesicht sah merkwürdig aus, nicht ganz wie ein wirkliches Gesicht; eher wie ein Gegenstand unter anderen, wie die Bank, die Laterne dort drüben, die zerbrochene Flasche. Der Wind bewegte seinen Bart. Über seine Hand krabbelte eine kleine Fliege. Der Anblick war merkwürdig schön. David wandte sich ab und ging davon.

Es wurde Morgen. Wie lange hatte er auf der Bank gesessen? Daß die Sonne jedesmal wiederkommt, daß der Wechsel so verläßlich ist und die Planeten sich derart beständig halten auf ihren Wegen durch die Nacht – ist das so sicher ...? Für einen Moment schien es ihm, als hätte er wieder die Libelle gesehen, aber es war nur ein Fetzen gelblichen Kunststoffs, der Rest eines geplatzten Ballons. Ein Straßenkehrer schob Scherben vor sich her, in den Glasstückchen spiegelte sich der Anfang des Tages.

Und die Antennen standen sehr schwarz vor dem Dunkelrot. Die Farbe des Sonnenaufgangs, gespiegelt im Glas des Hochhauses. Die Schatten schrumpften und nahmen die Farbe der Straße, der Steine an. Das Rot wurde schwächer, die Sonne erschien bleich und verschwommen; und nun zeigten sich auch Wolken. David sah auf die Uhr. Er mußte vor der Arbeit unbedingt noch nach Hause und seine Notizen an Valentinov schicken! An der Haltestelle der Straßenbahn blieb er stehen.

Etwas berührte sein Bein. Etwas Lebendiges, Atmendes: eine Nase.

Sie gehörte einem Schäferhund. Einem großen, gepflegten Tier mit braunen und klugen Augen. David sah auf ihn hinunter. Der Hund hob den Kopf. Einen Moment lang rührte er sich nicht. Dann sträubte sich das Fell in seinem Nacken, und seine Lefzen entblößten zwei Reihen spitzer

Zähne. Er wich zurück, mit einem tiefen Vibrieren in der Kehle, einem dunklen Knurren. David bemerkte überrascht, daß er keine Angst hatte. Er trat auf ihn zu.

Der Hund wich zurück, und dann, als David noch einen Schritt machte, lief er davon. Vorbei an seiner Besitzerin, einer dicken Frau mit einer Leine in der Hand. Sie drehte sich um, sah ihm hilflos nach, rief einen Namen, den David nicht verstand. Dann ließ sie die Leine fallen und rannte ihm nach.

Die Straßenbahn hielt. David stieg ein, setzte sich. Eine junge Frau sah ihn an, er lächelte, sie sah woanders hin. Die Bahn fuhr an, ihre Bewegung drückte ihn sanft in den Sitz; die Kraft der Trägheit, das Streben nach Beharrung, Gesetz allen Stoffs.

Es roch nach Staub und nach abgestandener Luft. Die Sonne war nicht mehr zu sehen. Bald würde es regnen.

IV

»Na und?« sagte Marcel. »Obdachlose sterben täglich. Unfälle passieren dauernd. Was meinst du damit? Du denkst, du bist jetzt ein großer Mann, ja?«

David stellte seine Tasse ab. »Jeder hätte das finden können.«

»Aber du bist der erste?«

»Ich glaube schon.«

David sah sich in der Kantine um. Ein paar Studenten saßen an den Tischen, blätterten in Büchern, füllten den Raum mit leisem Gemurmel. Er hatte das Gefühl, daß sich immer wieder Leute nach ihm umdrehten, ihn beobachteten, ihm interessierte Blicke zuwarfen. Aber nein, das war unmöglich! Es roch nach Kaffee und Reinigungsmitteln. Marcel saß mit dem Rücken zum Fenster und hielt eine Zigarette in der Hand; Rauch stieg auf, kräuselte sich, bildete dünne Wirbel. Das Licht umrahmte seine Gestalt, machte sein Gesicht zu einem dunklen Oval.

»Heute morgen«, sagte David, »habe ich meine Aufzeichnungen an Valentinov geschickt.«

»An wen?«

»Den Nobelpreisträger.«

»Kenne ich nicht.«

»Ich glaube«, sagte David, »ich sollte selbst zu ihm fahren.«

»Willst du auch den Nobelpreis?«

»Das hier ist viel wichtiger.«

»Das hast du schon ein paarmal gesagt. Aber vielleicht wäre es doch besser, wenn du erst einmal abwartest, und dann ...«

»Das hat Katja auch gesagt.«

»Katja?« Marcel grinste. »Wie steht es mit euch beiden? Habt ihr endlich ...?«

»Mein Gott!« rief David. »Laß doch diesen Unsinn! Soll ich es dir erklären oder nicht? Es geht um den zweiten Hauptsatz der Thermodynamik. Das Gesetz der Zeit. Die Unordnung in einem geschlossenen System kann nur gleich bleiben oder wachsen. Das heißt, daß ein Schreibtisch von selbst unordentlich wird, aber niemals ordentlicher. Daß ein Gas sich von selbst nur ausbreitet und niemals konzentriert. Daß das All sich ausdehnen und abkühlen muß. Daß kein Perpetuum Mobile gebaut werden kann, niemals. Alle Vorgänge des Universums sind zyklisch – nur dieser eine nicht. Das zweite Gesetz, das ist die Richtung aller Entwicklungen in der Welt. Das ist die Zeit.«

»Verstehe ich nicht«, sagte Marcel. Er hielt David sein Zigarettenpäckchen hin.

»Nein danke, ich darf doch nicht mehr. Sieh mal: Ein warmer Körper wird von selbst kälter. Aber wenn du ihn erwärmen willst, mußt du ihm Energie zuführen. So ist es immer. Ordnung kostet Energie, Unordnung bekommst du von selbst; und im System als Ganzem wächst immer die Unordnung. So heißt das Gesetz. So hieß es.«

»Und jetzt nicht mehr?«

»Wahrscheinlich nicht. Unter gewissen Umständen, bei einer gewissen Strahlung, unter Anwendung von vier Formeln – läßt es sich umkehren.«

»Dann würden warme Körper in deinem Labor wärmer werden und Schreibtische ordentlicher und Maschinen würden für immer arbeiten und ...«

»... immer besser.«

»Das wäre das Ende der Welt.«

»Wenigstens eine ziemliche Veränderung.«

Marcel kniff die Augen zusammen und sah David an. »Weiter!«

»Man braucht ein paar Dinge. Viel Energie, aber die könnte schon ein kleiner Reaktor liefern. Eine Art Zyklotron. Meine vier Formeln. Die Auswirkungen wären zunächst noch sehr beschränkt. Wie du gesagt hast: auf ein einzelnes Labor. Aber dann würde es sich ausbreiten. Ganz von selbst. Es würde sehr schnell gehen. Die Zeit würde ... Das ist schwer zu beschreiben ... – Sie würde *verschwimmen*. Ich kann das eigentlich nur mathematisch fassen.« Er sah Marcel an, mit Augen, die keine Farbe zu haben schienen; Marcel wich ihrem Blick unwillkürlich aus. »Den zweiten Hauptsatz aufheben. Kannst du dir vorstellen, was das heißt?« Irgendwo fiel ein Glas zu Boden und zerbrach, das Geräusch erschien David seltsam verzerrt.

»Ich will dich nicht kränken«, sagte Marcel, »aber was du da redest, ist ziemlich eigenartig. Ich erinnere mich ja, daß sie dich schon in der Schule als Genie bezeichnet haben, und ich weiß auch noch, wie du mit vierzehn deinen verdammten Transistor ...«

»Kondensator.«

»... schön, Kondensator entwickelt hast, und daß du mir damals in der tunesischen Wüste auf einen Blick gesagt hast, wie viele Sterne zu sehen sind, der alte Trick ... Aber das scheint mir einfach eine Nummer zu groß! Sogar für dich.«

David lächelte und sah in seine Tasse. Die schwarze Flüssigkeit, darin bräunliche Schlieren von der hineingegossenen Milch, sie lösten sich nicht auf, und dann, noch zitternd, das Spiegelbild seines Gesichtes. Er griff vorsichtig nach der Tasse und trank.

»Also gut«, sagte Marcel. »Dann wünsche ich dir viel Glück! Ich verstehe von alldem nichts, ich bin nur ein Idiot, der im Rathaus in seinem Büro sitzt.« Er machte eine hektische Handbewegung, etwas Asche löste sich von seiner Zigarette und rieselte herab, ein schwarzes Häufchen auf dem Tisch, zwischen ihren Kaffeetassen. »Aber paß auf, mit wem du darüber redest! Paß wirklich auf!«

Er schob seinen Stuhl zurück und drückte die

Zigarette aus. Dann beugte er sich vor, stützte sich mit beiden Händen auf den Tisch und senkte den Kopf. »Du weißt ja sicher, daß in jeder Universität der Welt, auch in dieser hier, ein Schrank existiert, in dem die Schriften liegen, in denen irgendwelche Wahnsinnigen die Relativitätstheorie widerlegen wollen oder die große einheitliche Theorie . . .«

»Vereinheitlichte Theorie.«

»Von mir aus! . . . vereinheitlichte Theorie der Kräfte finden oder sonst etwas Tolles! Du weißt das?«

»Ja«, sagte David, »natürlich. Besser als du.«

»Gut«, sagte Marcel. »Ich muß ins Büro. Ich bin ohnehin schon zu spät. Wir sollten morgen etwas ausführlicher . . .«

Den letzten Satz sprach er schon im Gehen. Er nickte David zu, die Flügel der Schwingtür teilten sich und schlugen hinter ihm zusammen. Seine Kaffeetasse stand unberührt da.

David betrachtete den Aschenbecher. Von der zerdrückten Zigarette stieg noch Rauch auf: ein einzelner grauer Faden, wie eine Bleistiftlinie vor der weißen Helligkeit des Fensters. David atmete aus, und einen Augenblick darauf schlug der Faden eine leichte Krümmung, die an ihm aufstieg, an seinem Ende zu einem verblassenden Wirbel wurde, sich auflöste. Der Faden stand wieder unbewegt da. Und wurde blasser. Und erlosch.

Heute morgen hatte er nach einem Termin bei

Professor Grauwald gefragt. Sogar Frau Wimmer war überrascht gewesen: Niemand ging zu Grauwald, wenn er nicht mußte. Aber er hatte den Termin bekommen. Heute um zwölf. In einer Stunde.

Er trank seinen Kaffee aus, einen Moment lang war ihm schwindlig, er stand auf und ging in die Richtung der Schwingtür. Jemand rief »Hallo!« – David wußte nicht genau, ob er gemeint war, aber zur Sicherheit nickte er.

Der Gang draußen irritierte ihn. Er schien ihm länger als gewohnt, seine vier Kanten liefen stärker aufeinander zu, eine kaum merkliche Änderung der Perspektive. »Das hat nichts zu bedeuten!« sagte er leise. Zwei Männer mit Aktenkoffern sahen ihn überrascht an.

»Ich werde mich«, sagte er, »nicht aufregen. Es kommt darauf an, ruhig zu bleiben. Das ist eine Sache der Logik!«

»Wie bitte?« Frau Doktor Erkel, Dozentin für Soziologie, war stehengeblieben und musterte ihn.

»Was?«

»Ich habe Sie nicht verstanden. Wovon reden Sie?«

Er wandte sich ab und lief die Treppe hinauf, seine Schritte hallten dumpf durch das Haus, die Stufen bewegten sich ihm sachte entgegen, das Geländer schien auf seine Berührung zu reagieren; in den Fenstern jedes Stockwerkes blitzte sein Spiegelbild auf, als hätte es ihn erwartet. Und hier der Gang, und hier die Tür zu seinem Büro.

»Alles in Ordnung?« fragte Mohr. »Du siehst aus, als hättest du die Nacht durchgefeiert.« Er hatte seine Hände hinter dem Kopf verschränkt und die Füße auf den Schreibtisch gelegt. David setzte sich keuchend und betrachtete vorwurfsvoll Mohrs Schuhsohlen.

»Ich habe sie auf einer Parkbank verbracht.«

»Sehr witzig!« Mohr folgte Davids Blick. »Entschuldige!« Er stellte seine Füße ächzend auf den Boden. »Heute war es schwer, herzukommen, nicht? Wo doch die Hauptstraße gesperrt ist.«

David nahm ein Blatt Papier und begann, eine Figur zu kritzeln: vier Ebenen, von denen je zwei sich schnitten, erzeugten zwei Geraden. »Warum?«

»Der Unfall mit dem Tankwagen.«

David erstarrte. Und zeichnete weiter. Die zwei Geraden schnitten sich und erzeugten einen Punkt: der Abstieg von zwei Dimensionen in eine, von einer ins Ausdehnungslose.

»Siehst du keine Nachrichten? Zum erstenmal seit Jahren sind wir mal wieder im Fernsehen. Gestern nachmittag ist ein Tankwagen umgekippt, alles ausgeflossen. Das Grundwasser ist verseucht, die Kanalisation mußte ausgepumpt werden. Und der Brennstoff hat Feuer gefangen, und der Fahrer hat die schwersten Verbrennungen. Er lebt noch, aber sicher nicht mehr lange. Sonst noch fünf Verletzte. Ich wohne dort ja ganz in der Nähe! Du auch, oder? Hast du wirklich nichts bemerkt?«

»Nein«, sagte David, »wirklich nichts.« Er nahm das Blatt, zerknüllte es, warf es nach dem Papierkorb, verfehlte ihn. Mohr lachte. Der Papierball rollte über den Boden, stieß an die Wand und faltete sich knisternd wieder auf.

»Ich habe gestern für dich das Einführungsseminar übernommen. Du schuldest mir was!«

David antwortete nicht.

»Du warst doch nicht wirklich krank?«

David sah auf. »Warum?«

»Ich weiß nicht«, sagte Mohr. »Ich dachte nur! Ach ja, die Unfallursache ist nicht geklärt. Der Fahrer scheint eingeschlafen zu sein, Drogen oder so etwas ... Jedenfalls behauptet er, etwas gesehen zu haben, direkt über seinem Auto, im Himmel. Etwas ganz Merkwürdiges; er weigert sich, es zu beschreiben. Fehlt dir was? Meine Güte, was ist denn?«

David war aufgestanden. Sein Bleistift rollte über den Tisch, erreichte die Kante, fiel: Er folgte ihm mit den Augen, aber plötzlich hatte er ihn verloren, kein Bleistift erreichte den Boden; kein Bleistift war zu sehen, nirgendwo.

Er setzte sich. Der Stuhl knarrte unter seinem Gewicht. Er sah auf die Uhr, es war Viertel nach elf. Vorhin, in seiner Wohnung, hatte er nicht einmal mehr Zeit gehabt, sich umzuziehen. Er hatte seine

Aufzeichnungen in ein Kuvert gesteckt – so eilig, daß er nicht einmal mehr Kopien davon gemacht hatte, aber wozu auch, er wußte ja alles auswendig, er würde es niemals vergessen; dann hatte er einen Boten bestellt, ein kompliziertes Formular ausgefüllt und das Kuvert an Boris Valentinovs Universität geschickt. Es war sehr teuer, aber der schnellste Weg. Danach hatte er gerade noch die Straßenbahn erreicht, die ihn täglich zur Universität brachte. Und Marcel, wie verabredet, in der Kantine getroffen.

Er bemerkte, daß Mohr ihn ansah, mit schmalen Augen, seltsam ernst. David erschrak. Er rieb sich die Augen, und dann, mit etwas Mühe, brachte er es fertig zu lächeln.

»Was?« rief er, ein wenig zu laut. »Ach so, nein. Nein! Mir fehlt nichts. Wieso?«

V

»Bin ich zu spät?«

»Doch, ja. Setzen Sie sich.«

Professor Grauwald saß, wie immer, hinter seinem Schreibtisch. Es schien David, als ob er ihn nie anderswo gesehen hatte. Der Professor hatte graue Haare, die immer ungekämmt waren und von seinem Kopf abstanden und vor dem Hintergrund des Fensters sehr fein und hell aussahen. Aber sein Gesicht wirkte wie aus Kartoffeln geformt: rundliche Backen, eine knollige Nase, winzige, in tiefen Höhlen versenkte Augen mit einem starren Blick. Dazu ein schwarzer Anzug und eine breite, purpurrote Krawatte. Hinter ihm war eine Bücherwand voller Lederrücken mit in Gold geprägten Titeln; sämtliche Ausgaben der *Facetten der Physik.* Der Regen trommelte ans Fenster, ein nicht nachlassendes Geräusch, eine beständige Gegenwart.

»Wenn es um ein Forschungsprojekt geht, Herr Doktor, für das nächste Jahr sind die Mittel schon . . .«

»Nein«, sagte David, »um etwas anderes. Ich habe etwas, das ich Ihnen vortragen möchte.«

»Sie wissen ja, daß ich für die persönlichen Anliegen . . .«

»Es ist eine Theorie.«

»Wie bitte?«

»Eine Theorie. Ich würde sie gerne in den *Facetten* veröffentlichen. Aber es müßte ziemlich bald sein.«

Grauwald runzelte die Stirn. »Also, die nächsten fünf Nummern sind vollständig verplant. Und auch danach denke ich nicht ...«

»Deswegen will ich es Ihnen erklären. Ich glaube, Sie werden es wichtig genug finden. Was ich habe, muß bekannt gemacht werden, verstehen Sie, ich darf nicht der einzige sein, der es weiß, sonst ... Bitte hören Sie mir zu!«

Grauwald sah David ein paar Sekunden lang an, dann nickte er, warf einen Blick auf seine Armbanduhr und rieb sich die Augen. »Also gut. Bitte. Worum geht es?«

Eine Welle von Nervosität stieg in David auf, seine Hände zitterten. Er sah auf sie hinunter: Zwei breite, haarige Hände mit kurzen Fingern. Schon wurde er ruhiger. Er rückte seine Brille zurecht.

Am Anfang war er heiser und mußte sich räuspern und noch einmal räuspern. Er holte seinen Schreibblock hervor, öffnete ihn, begann zu zeichnen. Krakelige Skizzen; einige davon gelangen nicht, er riß die Blätter heraus, knüllte sie zusammen, warf sie in Richtung des Papierkorbes. Dann versagte sein Kugelschreiber, und er nahm einen neuen von Grauwalds Tisch. Die Buchtitel im Regal schienen in regelmäßigen Abständen schwach aufzuleuchten. Da waren auch zwei Fotos: Grauwald, lächelnd, hinter einem Vortragspult, in der Hand eine Urkunde; und Grauwald händeschüttelnd mit Boris Valentinov. Der Professor saß jetzt regungslos da, den Kopf auf seine Fäuste gestützt. Plötzlich hatte David Durst; er hätte gerne nach einem Glas Wasser gefragt. Der Kugelschreiber löste sich aus seiner Hand, fiel zu Boden, rollte davon. Er unterdrückte den Impuls, ihn aufzuheben, und nahm einen neuen. Grauwald schnaufte leise, David riß ein neues Blatt heraus, knüllte es zusammen, warf es weg. Er hatte aufgehört, seiner Stimme zuzuhören. Er hatte fast vergessen, daß er sprach.

Seine Gedanken irrten ab, glitten davon, und es gelang ihm nicht, sie festzuhalten; währenddessen hörte er sich weiterreden, immer weiter. – Und plötzlich erfaßte ihn ein schwindelerregendes Gefühl von Unwirklichkeit; und er wußte, daß er schon hier gesessen hatte oder sich wenigstens hier sitzen gesehen hatte, in genau dieser Situation, und gleich würde ihm einfallen, wann das gewesen war, gleich . . . Dann vermischte dieses Bild sich mit anderen, älteren Bildern; und sie alle schienen einen Zusammenhang zu besitzen, eine durchlaufende Verbindung, die völlig offensichtlich war und die ihm nur jetzt gerade, aus irgendeinem Grund, nicht einfiel . . . Er fühlte sich angefaßt und hochgehoben und spürte, wie jemand nach ihm griff, und es dauerte einige lange Sekunden, bis er wenigstens dieses Bild, diese eine Erinnerung, wiedererkannte.

Es war ein Tag im Sommer gewesen, in einem lange vergangenen, anonymen Sommer, vielleicht dem ersten Sommer, der je existiert hatte. Seine Mutter hatte ihn hochgehoben und seinem Vater gegeben, und dann hatte seine Schwester ihn genommen; einer nach dem anderen hielten sie ihn fest. In einem Garten, der nicht aufbewahrt war, der bloß den Hintergrund dieser Erinnerung bildete, nicht einen Teil davon. Seine Schwester sagte etwas, und sie fühlte sich warm an, und ein Leben lang würde er zusammenzucken, wann immer er dem Geruch von Sonnenöl begegnete. Er blinzelte, die Bienen summten tief; alles zerfloß in Helligkeit.

Es war die einzige wirkliche Erinnerung an seine Schwester. Sie war bald darauf verschwunden. Er hatte es nicht gesehen, doch er war in der Nähe gewesen. Im Gras, auf einem blauen, ausgebreiteten Handtuch. Daß es blau gewesen war, wußte er.

Und es schien ihm auch, als hätte er Schreie gehört. Vielleicht war es eine Einbildung, eine spätere, gefälschte Ausschmückung seines Gedächtnisses. Seine Schwester, soviel war sicher, hatte nicht geschrien. Es konnten allenfalls die Schreie der Zuschauer gewesen sein. Doch sie waren eben, ob echt oder unecht, und auf dem gänzlich zufälligen Untergrund blauer Farbe, in seine Erinnerung gebrannt. Auf einem Grashalm hatte eine Libelle balanciert; auf- und ab-, auf- und abwippend. Dann, mit einem ganz leichten Flügelschlag, hatte sie sich von dem Halm gelöst und war davongeflogen. Und die Helligkeit, der Duft und das Bienensummen hatten sich wie ein Vorhang hinter seiner Schwester geschlossen. Jemand hatte ihn aufgehoben und schnell davongetragen, und erst nach mehreren Tagen hatte seine Mutter ihm eine zurechtgemachte, unglaubhafte Version von dem erzählt, was passiert war.

VI

Die Wahrheit hatte er erst später erfahren; sie war nicht so, daß sie einem Kind beschrieben werden konnte. Es war eines der großen, gelblichen Fahrzeuge der Straßenreinigung gewesen, ausgestattet mit rotierenden Bürsten und einer dumpf brummenden Saugvorrichtung, und es schien – denn genau wußte es niemand –, daß eine der Bürsten das Mädchen ergriffen und an sich gezogen hatte, weich und angenehm kitzelnd (eine Frau, die alles gesehen hatte, behauptete fest, daß es noch gelacht hatte, während es darin verschwand), und dann, als da plötzlich keine Luft mehr war und nur mehr Staub und Lärm und kein Entkommen, nirgendwohin, hatte die Mündung des großen Rohres es gleichgültig eingesogen. Bloß für einige Momente hatte der Motor seine Tonlage verändert, dann war alles wieder normal, das Hindernis überwunden, als wäre nichts geschehen. Erst als brüllende Leute den Wagen zum Stehen gebracht hatten und als der Behälter abgenommen und geöffnet worden war, fand sich darin unter unzähligen gelben Blütenblättern ein verwirrend ruhiges Gesicht an einem Kopf, der nicht mehr Teil eines Körpers war.

David wußte, wie das ausgesehen hatte. Er wußte es genau. Denn in dieser Gestalt traf er sie bis heute in seinen Träumen. Sie erschien in nie nachlassender Deutlichkeit und sprach mit ihm und teilte ihm Dinge mit, die offenbar wichtig waren, die er aber niemals über die Grenze des Aufwachens mitnehmen konnte, in den wachen Teil seines Bewußtseins, in den Tag. So blieb ihm jedesmal nur das Bild ihres Gesichtes und ihres eigenartig schief sitzenden Kopfes und der kreisrunden Linie um ihren Hals; als müßten die Toten ihre beschädigten Körper mitnehmen und sich notdürftig damit arrangieren.

Er war ein Kind, das auffiel. Dadurch, daß er bei jedem der lauten, konfettibunten Geburtstage, zu denen er eingeladen war, zuviel Kuchen aß und in Kauf nahm (oder vergaß), daß ihm danach die ganze Nacht schlecht sein würde. Dadurch, daß es niemandem gelang, ihm auszureden, daß die Menschen im Fernsehen, ja selbst die Puppen im Kinderprogramm, ihn ansahen, zu ihm, David, sprachen und böse und gefährlich waren. Und auch dadurch, daß er mit vier Jahren aus Bausteinen einen Torbogen mit einer fast einen Meter hohen Wölbung errichtete, der so konstruiert war, daß die Steine sich gegenseitig durch Druck und Gegendruck festhielten. So hatte er, bevor er noch in ganzen Sätzen sprach, das Prinzip des Schlußsteins entdeckt.

Mittags, nach der Schule, war er allein. Sein Vater mußte arbeiten, und seine Mutter besuchte irgend jemanden, und er hätte sehr gerne Geschwister gehabt, lebendige, solche, die ihn nicht bloß in der Nacht von einem unerreichbaren Ort aus beobachteten. – Er bemerkte, daß Dreiecke in einem Halbkreis immer rechtwinkelig gerieten, wenn ihre Spitze nur die Linie des Bogens berührte. Und daß solche Dreiecke schöner waren als die anderen, vollkommener, aus irgendeinem Grund *besser.* Er bemerkte, daß Steine immer hinunter fielen, der Erde zu, obwohl das nicht selbstverständlich war; denn was war *hinunter* eigentlich, außer eben das Wort für die Richtung, in welche die Steine fielen; und manchmal wäre es ihm vernünftiger vorgekommen, hätten sie sich in die andere Richtung bewegt, aufwärts, in die blaue, alles an sich ziehende Helligkeit; wenn man sich bückte und zwischen seinen Beinen hindurchsah, war das, als hinge man über einem Abgrund. Er bemerkte, daß man nur etwa acht Minuten blutete, wenn man sich in den Finger schnitt oder in die Hand oder in den Arm. Dann bildete sich eine Kruste, und der Schmerz ging in ein fast angenehmes Jucken über.

Das Einschlafen war schwer, jede Nacht von neuem. Allein im Zimmer, in der weißlich gemaserten Dunkelheit, in der die Schatten sich zu bewegen schienen, wenn man nicht hinsah. Und wenn man irgendwann, nach Ewigkeiten voller Knack- und Raschellaute in den Regalen und unter dem Bett, doch eingeschlafen war, fand man sich einem Wesen gegenüber, das mit einem verwandt war und dessen Pupillen Löcher in eine sehr tiefe

Schwärze waren, und man fuhr auf, mit klopfendem Herzen, wieder wach. Wenn er schrie, kam seine Mutter, aber sie war wütend und roch nach Hautcreme und wollte schlafen. Sie war nicht mehr wie früher. Auch sein Vater nicht.

Es stellte sich heraus, daß David mit Zahlen umgehen konnte. Daß sie ihm vertraut und angenehm waren, daß sein Geist mit ihnen arbeitete, ohne daß er selbst es bemerkte. Nach einer Autofahrt wußte er, daß zweitausendvierhundertsiebenunddreißig Mal der weiße Pflock am Straßenrand vorbeigeglitten war; dabei hatte er nicht mitgezählt oder konnte sich wenigstens nicht daran erinnern, mitgezählt zu haben. Sein Vater rückte einen Stuhl an Davids Stuhl heran, setzte sich, legte seine Hände auf Davids Knie, beugte sich vor – er hatte den Schnurrbart eines Seehundes und eine Brille und zu viele Falten – und sagte:

»Siebenundzwanzig mal dreiundsechzig.«

David schluckte und sah weg. »Tausendsiebenhunderteins.«

Sein Vater tippte etwas in einen winzigen Taschenrechner, stutzte, nickte und sagte: »Fünftausendsechshundertdreiundneunzig mal achthundertsiebenundsechzig.«

David schloß die Augen und lauschte in die warme, orange gefärbte Leere. Es roch nach Essen, im Nebenzimmer kochte seine Mutter, er hatte Hunger.

»Vier Millionen«, sagte er, »neunhundertfünfunddreißigtausend ... achthunderteinunddreißig.«

Sein Vater tippte und wurde bleich. An seinen Wangen traten einen Moment lang die Kieferknochen hervor. Er schneuzte sich. »Und daraus die Wurzel?«

David rutschte unbehaglich hin und her, er wäre gern aufgestanden, aber die Hand auf seinem Knie hielt ihn fest. Die Fensterscheibe glänzte, als wäre Licht darin eingesperrt.

»Zweitausendzweihundert ... einundzwanzig. Komma fünf. Ungefähr fünf ...« Er zuckte die Achseln, sein Vater ließ ihn los. Endlich.

»Das war ganz gut«, sagte sein Vater, stand auf und nahm die Brille ab. »Aber das bedeutet nicht viel, das können einige Leute, glaub mir. Das letzte war auch nicht ganz richtig.«

»Komma sechsundsiebzig, nicht wahr?«

Sein Vater nickte und ging hinaus. David hörte ihn im Nebenzimmer auf und ab gehen. Später, beim Essen, schlug sein Vater plötzlich mit der Faust auf den Tisch, so fest, daß alle Teller klirrten, und rief: »Iß nicht so viel, du wirst dick werden! Willst du dick werden?« David starrte ihn an und verstand nicht, warum er so wütend war.

Dann ging er die Straße hinunter, um Marcel zu besuchen. Der Hund des Nachbarn fixierte ihn hinter seinem Zaun aus schmalen Augen und knurrte. David musterte ihn, er wich zurück und knurrte lauter. Die Hitze stieg flimmernd vom Asphalt auf. Bis zu Marcel waren es vierzehn Häuser, zwölf schwarze Mülltonnen, achthundertvierzehn Schritte.

Ein fremder Junge ging neben ihm. Und zwar – aber das fiel ihm erst jetzt auf – schon die ganze Zeit. Er sah David an.

»Mach das lieber nicht.«

Er hatte die Hände in den Taschen und blonde Haare und gelbliche Zähne mit einer Lücke ganz vorne, und sein Schatten zog schmal und schwarz neben ihm her.

»Was?«

»Mach das lieber nicht. Natürlich weißt du nicht, wovon ich rede. Aber du wirst es verstehen.«

Der Junge zog die rechte Hand aus der Tasche, betrachtete sie nachdenklich, lächelte, holte aus, und David traf ein Schlag in den Nacken, so fest, daß er das Gleichgewicht verlor und Funken durch sein Blickfeld sprühten, und dann fühlte er die Straße gegen seine Stirn prallen, und alles wurde schwarz ... Als er aufstand und sich umsah, war von dem Fremden nichts mehr zu sehen. Marcels Mutter gab David Kuchen und klebte ihm ein Heftpflaster auf die Stirn. Von dem Kuchen aß er zuviel, und in der Nacht war ihm schlecht, und er erbrach sich zweimal krampfhaft, doch nicht ohne ein Gefühl der Erleichterung.

In der Schule saß er neben Susanne Löblich. So hieß sie wirklich. Sie hatte nackte Arme, die im Frühling noch weiß waren und im Sommer braun wurden, und wenn das Licht morgens schräg durch das Fenster fiel, umgab der Haarflaum darauf sie mit einem hellen Goldton. Sie hatte drei Muttermale. Auch eine kleine Nase und längliche Augen. David nahm ihr den Bleistift weg, nur damit sie danach griff und ihr Arm den seinen streifte ... Die Lehrerin mochte ihn nicht. Daß er dick war und neun Jahre alt und besser rechnete als sie oder irgend jemand, das hätte sie hingenommen, und notfalls sogar, daß er für sein Alter so ungeeignete Bücher las wie Boris Valentinovs *Die Textur der physischen Welt* – aber auf keinen Fall, daß er gut im Fußball war. Begabte Kinder hatten nicht Fußball zu spielen. Das war eine Regel.

David stand im Tor. Vorgebeugt, die Hände auf die Knie gestützt, wartend. Die Spieler waren auf der anderen Seite des Feldes, der Wind bewegte die Grashalme, wehte einzelne Rufe herüber, und ihm fiel endlich die Formel ein, nach der er seit Tagen gesucht hatte. Da fühlte er es, noch bevor er es sah; und dann sah er es auch: Sie kamen.

Ihre Gestalten wurden größer, und auch der Ball wuchs, während er von einem zum anderen hüpfte, ein weißer Fleck, dessen Bewegung ein kompliziertes Muster ins Grün schrieb. Sie schrien beim Laufen, aber er hörte nichts davon, er streckte die

Arme aus, bereit zum Sprung, nur einen Moment noch, und der Ball flog im Zickzack am letzten Verteidiger vorbei und schnellte auf ihn zu. David spürte, wie der Boden unter ihm wegsank. Er flog, und der Ball flog, zwei Bewegungen, die aufeinander zustrebten, und für den Bruchteil einer Sekunde war es, als hätte die Schwerkraft ihn losgelassen. – Dann spürte er den Schlag gegen seine Handflächen und fühlte sich fallen, und dann lag er da, mit schmerzenden Händen, den Ball an die Brust gedrückt, im Geschrei der anderen, im starken Geruch des Rasens und für einen Augenblick vollkommen glücklich.

»Ihr Sohn, Herr Mahler«, sagte die Lehrerin wütend, »ist . . . wie soll ich das sagen? Es tut mir leid, er ist . . . so eine Art Genie.«

»Ja«, sagte sein Vater, »ich weiß.« Er räusperte sich und zog ärgerlich seine Krawatte zurecht. »Aber glauben Sie mir, daß das nicht unsere Erziehung . . . Wir wollten eine ganz normale . . . Wir wollten . . .«

»Aber das weiß ich doch«, sagte die Lehrerin mitleidig. »Das weiß ich doch.«

Am selben Tag gelang es David, Susanne Löblich zu küssen. Es war auf dem Heimweg von der Schule: Er ging neben ihr, noch schmutzig vom Fußball. Die Sonne schien durch einen Wolkenschleier, und in den Autolärm mischte sich das vielstimmige Geräusch der Bienen. David blieb stehen, faßte nach ihr, hielt sie fest und preßte seinen Mund auf ihr Gesicht; er verfehlte ihre Lippen und traf nur eine warme, etwas salzige Wange. Nach einer langen, ewig langen Sekunde, der längsten Sekunde von allen, stieß sie ihn weg und rannte davon. Ihre Sandalen klapperten auf dem Stein, ihre Arme glänzten hellbraun. David sah ihr nach, dann ging er nach Hause. Er setzte sich und blickte eine Weile aus dem Fenster.

Dann nahm er ein Blatt Papier und zeichnete den Entwurf eines neuartigen Kondensators. In dieser Nacht schlief er sofort ein, und er hatte zum erstenmal seit langem keine schlechten Träume.

»Weißt du eigentlich«, fragte er Marcel, »daß es Zeit nicht geben kann?«

Marcel schüttelte den Kopf; David versuchte, es zu erklären: Die Vergangenheit gibt es nicht, sie ist ja vorbei; die Zukunft gibt es nicht, weil sie noch nicht da ist; und die Gegenwart hat doch keine Ausdehnung, oder? Aber etwas, das keine Ausdehnung hat, das gibt es doch auch nicht! Ohne Vergangenheit also und ohne Zukunft und ohne Gegenwart – wo ist die Zeit? Na?

»Keine Ahnung«, sagte Marcel. »Aber es sieht nach einem Trick aus.«

»Wieso?«

»Na weil es sie doch *gibt*. Du kannst so lange reden, wie du willst, es gibt sie! Es ist ein blöder Trick!«

Jeden Nachmittag arbeitete David an dem Kondensator (hohe Kapazität, dabei fast kein Entladungsverlust), und langsam kam ihm die Gewißheit, daß er funktionieren würde. Und aus irgendeinem Grund war die Erinnerung an diesen Kondensator fest und für immer mit der an Susanne Löblich und an den halb gelungenen Kuß auf dem Heimweg verbunden – und diese wiederum mit einer anderen, späteren Erinnerung, mit der sie ein einziges, bloß durch Zufall auf zwei Momente in zwei verschiedenen Jahren aufgeteiltes Ereignis zu bilden schien. Das Mädchen der anderen Erinnerung hieß Maria.

Maria Müller, aber an ihren Nachnamen hatte er schon damals nicht denken wollen. Es war Abend gewesen, und sie waren hinausgegangen, durch einen kleinen Wald mit schiefen, blattlosen Bäumen (in der Nähe, das wußte er inzwischen, war eine Fabrik, und das Hellgrün seiner frühen Erinnerungen war bereits verpestet gewesen; alles hier starb einen unauffälligen chemischen Tod) und dann hinaus, auf eine Wiese. Dort hatten sie sich, unter dem Vorwand, müde zu sein, ins Gras gelegt. Das war aber nicht weich, sondern frisch gemäht und stechend. Marias Augen waren deutlich zu sehen in der Dämmerung, sie lächelte ihm zu und begann, sein Hemd aufzuknöpfen, und er betastete sie und versuchte, das Sausen in seinen Ohren und das Flimmern vor seinen Augen und die hämmernden Schläge seines Herzens zu ignorieren; und dann hatte er ihre Brust gefunden, die sehr weiß und hell aussah (ich darf, dachte er, nicht ohnmächtig werden!), und dann zog sie ihn an sich, und im Gras waren Ameisen und eine plattgedrückte Metalldose, und sie hatte seinen Gürtel geöffnet, und die Wiese stieg auf und höher, und er spürte, wie sie ihn und er sie fester hielt; und ihre weiße Brust und ihre Augen und der stechende Rasen und die Ameisen und ihre Augen, und dann sank die Wiese abwärts und erreichte ihren alten Platz, und ein herrenloser Dackel, der auf einmal schnüffelnd neben ihnen stand, war zu spät gekommen; es war schon alles vorbei.

Maria hatte sich bald von ihm getrennt, und das hatte ihn nicht einmal überrascht. Schon an diesem Abend, auf dem Rückweg von der Lichtung, legte sie ihren Kopf auf seine Schulter (ihre Haare rochen noch nach Erde) und blickte in den Himmel und sagte in einem singenden, merkwürdig falschen Ton: »So viele Sterne! Die niemand zählen kann!«

»Doch«, sagte er. »Also, heute sind es ...« Er sah auf, und es waren nur einige verstreute Lichtpunkte. »... nicht mal fünfhundert.« Und obwohl sie schwieg und ihren Kopf von seiner Schulter nahm, fügte er noch hinzu: »Vierhundertdreiundsiebzig. Nein, zweiundsiebzig, der war ein Flugzeug!« – Das hatte sie ihm nicht verziehen.

Kurz darauf starb sein Vater. Ganz unerwartet, als Folge einer Krankheit mit kompliziertem Namen, die schwer zu erkennen war und kaum schmerzhaft und immer tödlich. David bemerkte, daß er fast nicht traurig war. Bloß erstaunt.

Erstaunt, noch während des Begräbnisses. Es war immer noch Sommer, und die Bienen summten auf dem Friedhof besonders laut. Wenn man genau hinsah, waren sie als kleine goldene Punkte über den Gräbern zu erkennen. Ein Kinderchor sang laut und falsch. David hob seine linke Hand an die Schläfe, und da hörte er das Ticken seiner Armbanduhr, das Geräusch der Sekunden, wie sie auftauchten, vergingen, ins Nichts fielen. Der Priester stocherte, als er meinte, daß niemand hinsah, in seinen Zähnen. Dann war der Choral zu Ende, und man hörte nur noch die Bienen.

David war eine Idee gekommen. Zunächst gar nicht kenntlich als Idee, bloß als Frage. Oder als Zweifel, oder als eine Ahnung; das wußte er selbst noch nicht. Auf dem Heimweg war er schweigsam und hielt die Augen geschlossen, aber das fiel niemandem auf. Eine Woche lang mußte er nicht zur Schule gehen; er verbrachte sie damit, Zahlen aufzuschreiben, von oben nach unten, in langen und sehr ordentlichen Kolonnen.

Er hatte erwartet, daß er nun im Traum auch seinem Vater begegnen würde, aber das geschah nicht. Da war nach wie vor nur seine Schwester. Er stellte ihr Fragen, und sie betrachtete ihn aus blicklosen Augen und antwortete; doch nach dem Aufwachen erinnerte er weder seine Fragen noch ihre Antworten und hatte nur manchmal noch den Klang ihrer Stimme im Ohr. Am Ende der Woche hatte er hundertvierzig Blätter gefüllt und wußte, daß es viel schwieriger war und viel länger dauern würde, als er vermutet hatte. Er legte die Blätter in eine Mappe, legte die Mappe in eine Schublade, versperrte die Schublade und beschloß, das Ganze zu vergessen.

Er war immer noch, trotz seines Gewichtes und trotz der Brille, die er seit kurzem trug (ohne sie zerflossen die Gegenstände in Helligkeit und Tränen und einen leicht stechenden Schmerz), der beste Tormann der Schule. Noch immer konnte er den Lauf des abgeschossenen Balles vorausfühlen, noch immer verwandelte sich im richtigen Moment das Spielfeld mit Lärm und Wind und bewölktem Himmel darüber in einen geometrischen Raum und der Ball und sein eigener Körper in zwei Punkte darin und ihre Bahnen in berechenbare, ihrem Schnittpunkt entgegenlaufende Kurven; und erst der Aufprall machte es rückgängig, schleuderte wieder Tribünen und Menschen und Gerüche und Laute und all die festen Dinge in die entleerte Welt.

»Mahler!« sagte der Trainer. »Wenn du nicht abnimmst, bist du nächstes Jahr nicht mehr dabei.«

»Warum?« fragte David. »Solange ich den Ball . . .«

»Du nimmst ab, oder du fliegst raus. Und wenn du hundertmal ein Genie bist. Mir ganz egal!«

Also aß er nur mehr Milch und Knäckebrot. Tagsüber knurrte sein Magen fast ununterbrochen, und er wußte nicht, was schlimmer war: die schmerzhafte Leere in seinem Inneren oder die Angst, daß andere Leute das peinliche Grollen hören konnten, gegen das er machtlos war. Das Einschlafen war immer schwer gewesen, jetzt war es unmöglich. Der Hunger hielt ihn in der hellgrauen Dämmerung des Schlafzimmers fest, während er sich von der einen auf die andere und wieder auf die andere Seite drehte und sein Kissen immer unbequemere Formen annahm; und selbst das Dividieren einer Milliardensumme durch eine andere brachte keine Ablenkung. Drei Wochen hielt er durch, dann gab er es auf.

»Gut«, sagte seine Mutter, »nehmen wir es hin! Du wirst dick bleiben. Für immer. Es gibt Schlimmeres!«

Sie arbeitete jetzt in einem ledernen Büro, ging abends lange aus, schminkte sich zu stark und stand kurz davor, einen blassen und großen Herrn namens Wöbeling zu heiraten. David hatte nichts dagegen, aber er sprach selten mit ihr, weil er ihr schließlich von den Gesprächen mit seiner Schwester nicht erzählen konnte und weil es sonst nicht viel zu erzählen gab. Er erinnerte sich, wie sie früher, nach Creme riechend, an sein Bett gekommen war, wenn die Alpträume ihn geweckt hatten, und wie sie manchmal bemüht und falsch gesungen hatte, um ihn zu beruhigen. Er erinnerte sich an den Nachmittag, an dem sie ihn seinem Vater und der ihn seiner Schwester in die Arme gelegt hatte. Jetzt war nur sie noch da.

In den nächsten Ferien nahm Marcels Familie ihn mit ans Meer. Er sah es zum erstenmal. Die blaue Endlosigkeit, deren Krümmung man am Horizont erkennen konnte, jedesmal, wenn der Bug eines Schiffes vor dem Schornstein verschwand. Und das dunkle Geräusch des Windes, das einen taub machte für alle Geräusche vom Strand.

David stand regungslos. Ein Krebs, wie eine kleine Maschine, betastete seine große Zehe. Das Wasser umspülte seine Knöchel; er machte einen und dann noch einen Schritt, es stieg an, bis zu seinen Knien. Die Sonne blendete.

Das rhythmische Schlürfgeräusch der Brandung. Die von den Wellen in die Luft geworfenen Lichtblitze. Die saugende Kühle an seinen Füßen. Er nahm die Brille ab und bemerkte, daß er Tränen in den Augen hatte. Und erst nach einiger Zeit nahmen die Schiffe und die Horizontlinie und die fernen, wirbelnden Möwen wieder Form an.

Und er wußte jetzt, daß er weitermachen mußte. Die Mappe aus der Schublade nehmen und weiter rechnen und es zu Ende führen, wie schwer es auch werden und wie lange es auch dauern würde. Er drehte sich um und ging, Schritt für Schritt, durch den Nebel seiner Benommenheit, zurück an den Strand. Auf die Geräusche, das Gerede, den Lärm zu. Er hätte lieber die andere Richtung genommen. Einfach geradeaus, immer weiter. Aber das war nicht möglich.

Am nächsten Morgen fuhr er aus dem Schlaf, der Schreck hatte ihn getroffen wie ein Peitschenschlag. Es war wieder seine Schwester gewesen. Auf einem Weg, neben einem See unter bizarr verformten Bergen. Sie hatte auf eine Pflanze gezeigt, sie abgebrochen und ihm gegeben: eine grell leuchtende Blüte mit langen, dürren Blättern, die sich wie lebendig um seine Hand geschlängelt hatten. David atmete schwer, er schwitzte am ganzen Körper, die Angst wich nur langsam von ihm. Er setzte sich auf, atmete tief ein und sah an sich hinunter. Über das Weiß der Bettdecke krabbelte eine Fliege. Er hielt die Pflanze noch in der Hand.

Er schrie auf und schrie, als würde er nie mehr aufhören, und der Schrei zerriß das Zimmer um ihn, und er erwachte noch einmal, im gleichen Raum. Das Meer legte ein durchscheinendes Blau auf die Wände. In einer kleinen Vase standen halb verwelkte Nelken. Auf dem Nachttisch war ein leeres Wasserglas neben Valentinovs neuem Buch *Regel und Kalkül.* Seine Hände waren leer, das Bett war zerwühlt, das Kissen sah aus, als hätte jemand lange darauf eingeschlagen. Er zitterte am ganzen

Körper. Er verstand es sehr deutlich: Das war eine Warnung gewesen.

Nach den Ferien verbot der Trainer ihm die Fußballmannschaft. Dadurch hatte er mehr Zeit für die Arbeit: Er füllte Blatt um Blatt mit Zahlen; dünne Zeichen in schwarzer Tinte. Seine Noten in der Schule blieben gut; und plötzlich wurde ihm für seinen Kondensator der *Prix Science de Jeunesse* zugesprochen. Als er diesen in Genf entgegennahm, sah man ihn ein paar Sekunden lang in den Spätnachrichten, wie er von einem in seinen Händen zitternden Blatt eine Dankesrede in schlechtem Französisch ablas. Der Pokal, der ihm überreicht wurde, hatte die Form eines länglichen, vierflügeligen Insektes; er stellte ihn in einen Schrank und holte ihn nicht mehr hervor. Und auf die Schranktür klebte er ein Bild, das er aus einer Illustrierten geschnitten hatte: Boris Valentinov im Frack, leicht nach vorne gebeugt, eine blausamtene Mappe in der Hand, vor dem gelangweilten Lächeln des schwedischen Königs.

Auf dem Sportplatz, wo David jetzt nur mehr Zuschauer sein durfte, machte ein breitschultriger Junge sich über seinen Auftritt im Fernsehen lustig. David betrachtete ihn, ruhig, ohne Zorn, und entschied, daß er es leider tun mußte. Er fixierte die Nase des anderen, ihren Mittelpunkt, ballte die Faust, hob den Arm, zielte und schlug, ganz gerade, darauf. Es tat erstaunlich weh. Und zu seiner

Überraschung – geschah nichts. Der andere stand da und grinste noch immer, nur war sein Lächeln ein wenig starr ... und dann, langsam, löste es sich auf. David schlug noch einmal zu, aus demselben Winkel, auf denselben Punkt. Der andere trat einen Schritt zurück, und nun erschienen unter seiner Nase zwei dünne Linien aus Blut, zogen über seine Lippen, vereinigten sich auf seinem Kinn zu einem runden, wachsenden Tropfen. David überlegte, ob er weglaufen sollte. Aber der andere drehte sich um, spuckte etwas Rötliches auf den Boden, ging mit schleppenden Schritten davon und preßte ein sich verfärbendes Taschentuch gegen sein Gesicht. Davids Hand schmerzte entsetzlich. Seine Mutter schickte ihn zum Arzt: Nichts war gebrochen, aber er bekam eine Desinfektionsspritze. All das war demütigend, überflüssig und höchst unangenehm.

Und dann war es so weit: Er machte seinen Schulabschluß, ließ Marcel abschreiben, bestand mit Auszeichnung. Einige Universitäten, auch aus England und Amerika, hatten ihm auf den *Prix Science* hin sehr freundliche Briefe geschrieben. Aber bevor er sich entschied, machten er und Marcel noch eine Reise nach Afrika. Sie nahmen einen billigen Flug, landeten, mieteten einen Jeep und fuhren auf die Wüste zu.

»Warum tun wir das eigentlich?« fragte David.

»Das tun wir, weil wir es nie wieder tun werden

und weil es uns nicht ähnlich sieht, das zu tun, und weil wir von jetzt an immer erzählen können, daß wir es einmal getan haben. Reicht das?«

»Ja«, sagte David, »das reicht.«

Aber sie fanden die Wüste nicht. Und entdeckten erst nach einer Weile, daß sie längst schon darin waren: Kein Sand, nirgendwo, bloß rötlicher Schotter. Und warme, trockene Luft, die sich nicht bewegte, die von nichts bewegt wurde; und ein Vogel, der sehr hoch oben unregelmäßige Kreise zog.

»Und?« fragte Marcel. »Wirst du nach Harvard gehen?«

»Nein.«

»Wohin denn?«

»Nirgendwohin. Ich werde bleiben.«

»Bist du wahnsinnig?« rief Marcel. »Jemand wie du, der überallhin könnte, warum sollte der ausgerechnet ...«

»Ich darf nicht auffallen.«

»Was?«

»Sieh mal: Wenn ich keine Blicke auf mich ziehe, wenn ich keine Karriere mache, egal was für eine, wenn ich an einem gleichgültigen Ort ein ereignisloses Leben führe ...«

»Was ist dann?«

»Dann habe ich«, sagte David, »vielleicht eine Chance.«

Sie hatten angehalten. Um sie flimmerte die Luft. Der Himmel erschien sehr hoch. Ein Flugzeug brummte. Marcel stützte sich auf das Lenkrad und sah David von der Seite an. »Du willst wirklich so tun, als wärst du irgendwer? Oder niemand?«

»Ja«, sagte David, »genau. Irgendwer oder niemand. Fahr weiter!«

Marcel ließ den Motor an. Die Ebene um sie setzte sich langsam, dann schneller in Bewegung. Marcel sagte etwas.

»Wie bitte?«

»Ich habe gefragt: Warum? Wovor versteckst du dich?«

David lehnte sich zurück. Wenn man auf den Horizont blickte oder auf einen weit entfernten Punkt auf dem Boden, dann war es, als bewegte man sich gar nicht: Nichts änderte sich, nirgendwo, wohin man auch sah.

»Ich bin zweimal gewarnt worden.«

Gegen Abend wurde es schnell dunkel und auch sehr kalt. Dann senkte sich das tiefste Schwarz herab, das sie je gesehen hatten. Die Sterne (»ungefähr zehntausend«, sagte David) waren deutlicher als je, füllten den Himmel wie leuchtende Staubkörner. David sah auf – sein Nacken tat weh, und er zitterte vor Kälte –, und langsam schienen sie ein Muster zu ergeben, und dann war es ein anderes Muster und dann wieder ein anderes ... »Aber das«, sagte er, »hat nichts zu bedeuten, es ist Zufall. Alles nur Zufall. Die Zeit löscht es aus.«

Am nächsten Morgen konnte er nicht durch die

Nase atmen, und sein Hals tat weh. Marcel starrte hilflos auf eine Landkarte, schnalzte mit der Zunge, schüttelte den Kopf und murmelte etwas Unverständliches. Dann irrten sie einige Stunden lang durch die Hitze. David spürte, wie das Fieber anstieg, wie die Wärme in ihm und die Wärme um ihn sich zu einem orangefarbenen Gefühl von Unwirklichkeit mischten. Das muß ein Traum sein, dachte er; aber wenn er die Augen aufschlug, war da wieder die unerträglich starke Gegenwart der Wüste, wie ein schmerzender Druck gegen sein Bewußtsein, und er schloß die Augen und überließ sich seiner Übelkeit und den ins Groteske wachsenden Zahlen, die durch seinen Geist kletterten. – Kurz bevor ihr Benzin ausging, begegnete ihnen ein Fahrzeug mit drei freundlichen Engländern, die ihnen Treibstoff gaben und vor ihnen herfuhren bis zur nächsten Stadt.

Es dauerte zwei Wochen, bis Davids Lungenentzündung soweit überwunden war, daß sie zurückfliegen konnten. »Vielleicht«, sagte Marcel und lehnte den Kopf an das runde Fenster, hinter dem sich strahlende Wolkenwirbel formten, »hast du recht. Vielleicht sollten Leute wie wir daheim bleiben!«

»Ja«, sagte David, »vielleicht.« Aber er fühlte sich wohl. Zum erstenmal war er etwas dünner geworden. Das Fieber hatte ihm geholfen: Einige Probleme hatten zu verzerrten, scheinbar widersinnigen Lösungen gefunden, auf die man bei gesundem Verstand nicht gekommen wäre, die aber – wirklich, es sah ganz so aus – korrekt waren. Es war ihm, als ob er in diesen zwei aus seiner Erinnerung gelöschten Wochen ununterbrochen gearbeitet hatte. Als ob ihm Öffnungen, Verbindungen, Wege zur Verfügung gestanden hatten, die jetzt wieder verschlossen waren.

»Vielleicht würde es mir nützen«, sagte er nachdenklich, »wenn ich verrückt wäre.«

»In diesem Punkt kann ich dich beruhigen. Du bist verrückt.«

VII

Und was ist Zeit anderes als Verfolgung? Jene Regel, die vorschreibt, daß der Zerfall uns näherrückt, wie allem, wie jedem Wesen; die behauptet, daß die Welt sich verströmt und alle Sonnen in die Kälte fließen, bis sie ausgebrannt sind. Dann wird es keine Strahlung mehr geben, kein Licht, und zum Ende wird es eisig sein, für immer. Es wird noch Raum sein, aber nichts wird ihn mehr füllen, also wird kein Raum sein. Es wird keine Veränderung mehr geben; die Zeit wird sich geschlossen haben, ihr großes Werk der Zerstörung ist getan.

Zum Beispiel der Regen, wie er dort hinter Grauwalds Kopf an die Scheibe trommelt. (David wies darauf, der Professor drehte sich nicht einmal um.) Die Tropfen schlagen auf, gläserne Punkte, weiten sich zu Kreisen, überschneiden sich, ein sehr reines geometrisches Spiel noch. Aber dann – jetzt schon – wirken die Schwerkraft auf sie und der Wind und all die Kräfte der immer anwesenden, nie nachlassenden, tötenden Natur. Und sie verformen sich, nehmen für Momente amüsant absurde Umrisse der Zufälligkeit an, und dann geben sie sich auf; bilden einen Film von gleichförmiger Flüssigkeit auf dem ebenso, doch so viel langsamer fließenden Glas. Es geschieht ständig: Jede Ordnung stürzt ihrer Auflösung zu, und was getrennt ist, wird eins, und alles, was Grenzen hat, muß diese verlieren. Durch einen unendlich fernen Verstand bewegen sich Zahlen; und die Welt ereignet sich.

Und die Zeit? Blickt man darauf, scheint sie durchsichtig zu werden. Das Gewebe öffnet sich, und schon ist es dahin, und nur die Bewegung von Gestirnen bleibt, der Wandel von Dingen, ein Rauschen, eine Folge von Tönen und vielleicht noch die hinkende Bewegung des Zeigers auf einer Armbanduhr oder das Vorbeiziehen von Häusern und Bäumen am Zugfenster, unter dem rhythmischen Aufblitzen der Sonne ...

Wenn aber nun (David räusperte sich, er spürte, wie seine Gedanken wieder abirrten, und Grauwalds Gesicht schien ferner zu rücken, dieses mürrisch ausdruckslose Kartoffelgesicht; aber jetzt erst kam das Entscheidende; du mußt dich, dachte er, konzentrieren, du *mußt* dich konzentrieren!) – wenn aber dies verändert werden kann; wenn es Formeln gibt, deren Anwendung einen Riß in die Unausweichlichkeit schlägt ... Es geschieht immer wieder; jeder verwirrte Hellseher, der betrunken durch seine Visionen taumelt, ist der Welt schon Gefahr und Ärgernis. Aber er weiß nicht, was er tut, er versteht es nicht, zu seinem Glück. *Natur*, was bedeutet das? Jedenfalls nicht Pflanzen, grüne Wälder, blumenbestreute Hügel, all dieser Kitsch. Natur, das heißt: *Gesetze.* Eine Diktatur, der zu entkommen keinem gegeben ist.

David spürte, wie seine Finger ein Blatt zerknüllten und fallen ließen; er riß ein neues ab; sein Mund war völlig trocken; er schluckte, aber das half nicht; er räusperte sich, es half auch nicht. Er mußte sich konzentrieren! Es hing alles davon ab, daß Grauwald die Formeln verstand. Alles. Er warf einen Blick auf die zerrinnenden Tropfen am Fenster.

Ja, damals hatte er die Herausforderung angenommen.

VIII

Bald nach ihrer Rückkehr aus Afrika veröffentlichte Marcel ein dünnes Buch. Es hieß *Abenteuer* und war eine Sammlung von kurzen Beschreibungen alltäglicher Dinge: Eine Fahrt mit der U-Bahn (die Gerüche von Pizza, Fäulnis und Metall, der Dreck, das gelbe Staublicht), die Mahlzeit in einem Restaurant unter den plätschernden Akkorden von Schlagermusik, der Einkauf von Schuhen (am Anfang immer, jawohl immer, ein Paar, das einem nicht gefällt, und erst als drittes eines, das man gerne hätte, aber es ist eine halbe Nummer zu klein), die allerersten Gedanken morgens zwischen dem über eine halbe Minute gedehnten Moment des Aufwachens und dem Öffnen der Augen, wenn die Geräusche noch ein Teil des Traumes sind und es undenkbar scheint, tatsächlich aufzustehen. Auch das Gefühl, verirrt zu sein: Auf einmal sehen alle Straßen einander ähnlich und furchtbar unähnlich jeder Straße in der Erinnerung, und es erwartet einen an jeder Ecke dieselbe Gemüsehandlung mit demselben winselnden Pudel neben der Tür. Und all die ärgerlichen, überflüssigen und doch seltsam beglückenden Schwierigkeiten bei der Reparatur eines alten Fahrrades mit seiner gerissenen, von Rost angefressenen Kette.

Es war ein kleines Meisterwerk. Es wurden

zweihundert Exemplare verkauft, es erschienen fünf abfällige, zwei hämische und zwei gleichgültige Rezensionen, und nach einem Jahr nahm der Verlag den Rest der Auflage vom Markt. »Ich werde«, sagte Marcel, »nie mehr etwas schreiben.«

»Unsinn!« sagte David. »Nur weil ein Buch . . .«

»Aber nein. Ich bin nicht beleidigt. Es ist völlig in Ordnung. Ich werde es nur nicht mehr tun.« Marcel lächelte, und sein mageres Gesicht legte sich in Falten. Und David hätte nicht sagen können, ob er es ernst meinte.

David begann sein Studium. Er saß in Einführungsseminaren, unterdrückte das Gähnen, zeichnete Figuren – Strichmännchen, langohrige Hunde, technische Diagramme – und versuchte, sich nicht anmerken zu lassen, daß er all das schon wußte, daß er alles wußte, was die Assistenten wußten, und noch viel mehr. Es gelang ganz gut. Einmal fragte jemand, ob er es war, der den *Prix Science de Jeunesse* bekommen hatte; aber woher denn, lachte er, und was sollte das überhaupt sein? Eine Philosophiestudentin, die nicht sehr hübsch, aber sympathisch war, lud ihn zu sich nach Hause ein. Sie teilten ein Abendessen, und dann schliefen sie miteinander, und für ein halbes Jahr wohnte David bei ihr, in einem Zimmer voller Kafkabände und mit Fotos französischer Modeautoren an allen Wänden. Als sie die Stadt verließ, übernahm David ihre Wohnung: Sie arrangierten einen quälend traurigen Abschiedsabend; aber David bat sie nicht zu bleiben, und sie bat ihn nicht mitzukommen.

So verschlief er am nächsten Morgen den Vortrag von Boris Valentinov. Es wurde viel Besuch erwartet; *Die Textur der physischen Welt* stand seit dem Nobelpreis auf den Bestsellerlisten. Valentinov hatte den Preis ungewöhnlich schnell bekommen, nachdem er in einem kurzen, glänzenden Logarithmus die lange gesuchte Ruhemasse des Neutrinos, des verwirrendsten Teilchens der Welt, bestimmt hatte. Kollegen hatten gegen seine Lösung protestiert, hatten sie heftig angegriffen und waren dabei keinem anderen Widerspruch begegnet als Valentinovs lächelnder Selbstsicherheit. Dann, im Lauf eines halben Jahres, hatten sie einer nach dem anderen zögernd seine Lösung nachgerechnet – es war zu ungewohnt, zu fremdartig – und nachgegeben. Und sie anerkannt. Eine Zeitlang war Valentinov von Vortrag zu Vortrag gereist, immer wieder war seine dünne, sehr gerade Gestalt im Fernsehen aufgetaucht, wo er überraschend verständliche Antworten auf einfältige Journalistenfragen gab, höflich und meist etwas altmodisch gekleidet. Nachdem er auf der Titelseite von *Time* abgebildet gewesen war (David hatte sie aufbewahrt; man sah ihn mit einem verlegenen Lächeln unter der schief gedruckten Überschrift *Neutrino's Master)*, war er plötzlich aus der Öffentlichkeit verschwunden. Er beantwortete keine Fragen mehr, schrieb keine Artikel und erschien nur noch selten zu lange angekündigten Vorträgen an merkwürdig provinziellen Orten.

David wachte auf, sah auf die Uhr, erschrak, ohne noch zu wissen, weshalb; dann fiel es ihm ein, und er erschrak noch einmal und sprang auf. Beim Rennen zur Straßenbahn brach ihm der Schweiß aus, sein Pullover zerknitterte, seine Beine schmerzten. Als die Bahn nach zehn Minuten noch nicht da war, winkte er einem Taxi. Er atmete schwer, ihm war schwindlig. »Keine Angst«, sagte der Fahrer gleichgültig, »wir schaffen das.« Er hielt, und David bezahlte, rannte die Stufen hinauf, stolperte durch die Drehtür, durchquerte die Eingangshalle und riß die Tür zum großen Hörsaal auf . . .

Ihm strömten Studenten entgegen, auf dem Weg hinaus. Einige saßen noch da, blätterten in ihren Notizen, unterhielten sich leise. Sie sahen verwirrt aus. Sie hatten nichts verstanden. Und Valentinov war eben gegangen.

David schnappte nach Luft; er war zu schnell gelaufen. Er hatte seit Wochen an diesen Tag gedacht, er hatte sich darauf vorbereitet, sich einige Fragen zurechtgelegt, die man nur Valentinov stellen konnte, nur ihm, niemandem sonst. – Er ging durch die Halle, an der Portiersloge vorbei, durch die Drehtür. Auf den Stufen vor dem Eingang und auf den Bänken um den Platz saßen Studenten, alte Damen, Rentner; ein paar Kinder spielten in einem

Sandkasten. Am Straßenrand parkte ein weißer Mercedes.

An der Wand des Universitätsgebäudes öffnete sich eine Tür, und Valentinov trat heraus. Er hatte eine spitze Nase, runde Brillengläser, einen kurzgeschnittenen Bart, wie auf den Fotos, und er lächelte, scheinbar grundlos, vor sich hin. Er strich sein Jackett glatt, warf einen Blick in den Himmel, blinzelte, rieb sich die Stirn, öffnete die Tür des Wagenschlages und stieg ein. Das Auto fuhr an, umkreiste das Halbrund des Platzes, blinkte, bog rechts ab und war verschwunden.

David nickte, steckte die Hände in die Taschen und ging nach Hause. Eine Woche lang sprach er mit niemandem, tauchte nirgendwo auf und verließ seine Wohnung nicht.

Er schrieb einen Aufsatz über thermische Prozesse in Flüssigkeiten, der in den *Facetten der Physik* veröffentlicht wurde. In der nächsten Ausgabe fanden sich drei Leserbriefe. Einer nannte den Artikel »hochinteressant«, einer »wirr« und der dritte sprach von »einer sinnlosen Ansammlung von Gerede, Irrtümern und Phantasie«. David schrieb eine Replik, aber der Herausgeber der *Facetten*, Ernst Grauwald, weigerte sich, sie abzudrucken.

»Man sollte sich über so etwas nicht aufregen«, sagte Marcel. »Bitte glaub mir, ich weiß, wovon ich rede.«

»Darum geht es nicht. Ich hätte es mir denken

können. Von jetzt an wird es immer schwieriger. Ich bin zweimal ...«

»... zweimal gewarnt worden. Ich weiß. Von wem eigentlich?«

Aber David schüttelte den Kopf und antwortete nicht; und Marcel zuckte beleidigt die Achseln.

David lebte jetzt von einer monatlichen Überweisung seines Stiefvaters Wöbeling. Dieser war mit seiner Frau, die nun auch Wöbeling hieß (ein Gedanke, an den man sich unmöglich gewöhnen konnte), in eine weit entfernte Stadt gezogen, und David hatte das starke Gefühl, daß er dafür bezahlt wurde, Distanz zu halten. Dagegen hatte er nichts einzuwenden. Außerdem kaufte plötzlich eine Firma die Lizenz zur Herstellung seines Kondensators und bezahlte erstaunlich viel Geld. Ein paar von den rundlich blauen Gegenständen wurden ihm sogar zugeschickt. Er hielt einen zwischen Daumen und Zeigefinger, hob ihn ans Licht, kniff ein Auge zu und empfand ein merkwürdiges Gefühl der Befriedigung.

»Eigentlich ist es schade«, sagte er zu Katja. »Ich hätte eine Menge von solchen Dingen erfinden können, alle nett, einfach und brauchbar. Aber jetzt geht das wohl nicht mehr!«

Er schrieb ein paar Wochen an seiner Dissertation, *Azyklische thermodynamische Prozesse*, und bestand mit Auszeichnung. Unordnung, fragte er im Vorwort – was heißt das? Und woher die feste

Verbindung von wachsender Unordnung und Zeit, eine Verbindung so unauflöslich, daß man sie vielleicht – in aller nötigen Vorsicht – das Grundgerüst der Welt nennen kann?

Nun: Der Zustand größerer Ordnung, das ist einfach der, dessen Entstehung durch reinen Zufall weniger wahrscheinlich ist: Ein gelegtes Paket Spielkarten (nach Farben zum Beispiel und aufsteigenden Werten) ist unwahrscheinlicher als ein durchmischtes – einfach darum, weil sich beim Mischen die aufsteigende Reihe nicht von selbst herstellen wird. (Es wäre natürlich möglich, aber es wird niemals geschehen, es ist zu unwahrscheinlich. »Der Kosmos«, so Boris Valentinov in *Die Textur der physischen Welt*, »fügt sich nicht nur den Naturgesetzen, sondern auch jenen der Statistik. Und das ist wohl sein eigentliches Rätsel.«) Oder nehmen wir einen Glaskolben mit einer Trennwand in der Mitte: rechts ein Gas, links ein Vakuum. Wenn man die Wand wegzieht, breitet sich das Gas sofort im ganzen Innenraum des Glases aus. Es könnte auch auf seiner Seite bleiben oder zur Gänze auf die andere wechseln; beides wäre physikalisch möglich – aber zu unwahrscheinlich. (Bei n Gasmolekülen liegt die Wahrscheinlichkeit, daß es passiert bei $(½)^n$, eher würde ein auf eine Schreibmaschine einschlagender Affe zufällig alle Bücher der Menschheit hervorbringen.) Was liegt also zwischen den beiden Zuständen, zwischen dem in einer Hälfte des Raumes konzentrierten und dem im ganzen Raum verteilten Gas?

Nur die Zeit.

Es geschieht von selbst, der erste Zustand bringt den zweiten hervor, er muß es, er kann nicht anders. Jener muß früher, dieser später sein, einfach darum, weil er wahrscheinlicher ist. Das Anwachsen der Unordnung spannt die Zeit auf. Und bestimmt ihre Richtung. Denn diese ist nicht bloß Veränderung, sie ist vor allem *gerichtete* Veränderung. So kehrt keine Stunde je wieder, denn jede einzelne enthält einen neuen Zustand der Welt, und die Unordnung ist größer als jemals in der Unendlichkeit, die ihr vorausging. So gibt es immer Anfang und Ende. *Entropie:* der Tod, übersetzt in die Physik.

Aber vergessen wir nicht: Das Entropiegesetz ist ein statistisches. Das Gas *könnte* sich ballen. Ein Eimer kaltes Wasser *könnte* plötzlich sieden. Die Karten könnten sich ordnen und der Affe die Summa Theologica schreiben. Was dem entgegensteht, ist die Wahrscheinlichkeit, und nur sie; aber sollten ihre Gebote wirklich so unüberwindlich sein? Und woher überhaupt diese sklavische Neigung der Natur, diese völlige Einwilligung in die Vorschrift? Warum der vorauseilende und bloß manchmal und überraschend aussetzende Gehorsam, als gäbe es eine Truppe dienender Wesen, die sich einmischen, die, wo es nötig ist, für die Durchsetzung der Regeln sorgen, sie vor Entdeckung bewahren, das Fortschreiten der Zeit überwachen und die Unausweichlichkeit des Todes? Oder anders formuliert ...

»Ja«, sagte Katja, »fein. Das ist alles interessant. Aber jetzt genügt es!«

David schwieg erschrocken und wurde rot. Er holte ein Papiertaschentuch hervor, entfaltete es umständlich und putzte sich mit einem tiefen, prustenden Geräusch die Nase

»Entschuldige!« sagte er. Und sah sie mit seinen fast farblosen Augen an. Sie schienen immer ein wenig feucht, und sie waren umgeben von überlangen, sehr feinen Wimpern.

»Schon gut«, sagte sie. »Es war ja ... sehr interessant. Ist schon gut.«

Sie unterrichtete lateinische Grammatik. Sie war groß, hatte schwarze Haare und ein von unterdrückter Nervosität gerötetes Gesicht. Sie lackierte ihre Nägel in hellen Rottönen, um die vom Kauen häßlichen Ränder zu verbergen; vergeblich, man sah sie trotzdem. Außerdem rauchte sie zuviel, saugte gierig die warme, scharf schmeckende Hitze ein, ließ den zu Wirbeln verschwimmenden Rauch einen Schleier vor ihr Gesicht legen. Im Unterricht bemühte sie sich, ihren Studenten stets um etwa drei Stunden voraus zu sein; ihr Leben bestand immer mehr darin, Situationen zu vermeiden, in denen sich schlechtes Latein verraten konnte.

Oft hatte sie oft plötzliche und unbegründete Anfälle von Mitleid: Ein winselnder Hund oder ein weinendes Kind trieben ihr Tränen in die Augen, aggressive Bettler in der U-Bahn bekamen von ihr viel zu viel Geld, eine durchs Zimmer laufende Spinne (als wäre ein Stück des Teppichmusters lebendig geworden) durfte man nicht zertreten, sondern mußte sie fangen, an einem Bein nehmen und ins Freie tragen. David konnte nie den Verdacht loswerden, daß auch er ein Gegenstand war, den sich ihre sinnlose Fürsorglichkeit erwählt hatte, geeignet – wie Hund, Kind, Bettler, Spinne – für ihre zärtliche, nervöse Sentimentalität. Sie kochte für ihn – mittelmäßig –, sie gingen spazieren, sie hörte sich, leicht geistesabwesend, seine Vorträge an, und manchmal legte sie ihre Hand auf seinen Arm, und er wußte, daß er diese Hand nur fassen und festhalten mußte und daß sich ihm dann ihr Gesicht nähern würde, und dann brauchte er nur noch seine Arme um ihre Schultern zu legen, und schließlich würden ihre Lippen die seinen berühren, warm und etwas feucht . . . Aber er tat es nicht. Er sah sie vor sich: Die langen Nächte, in denen sie neben ihm atmen und manchmal im Schlaf sprechen würde, die Abende in billigen Restaurants, ihr Schminkzeug in seinem Badezimmer, gemeinsame Ferien in hügeligen Landschaften und an überfüllten Stränden. Manchmal, in seinen Träumen, wenn die Erscheinungen seiner Schwester fernblieben und die Angst ihn verschonte, sah er Katja vor sich. Sah ihren Leib, bekleidet oder nackt, spürte seine Wärme, fühlte, wie sein eigener Körper, wie von selbst, darauf reagierte ... Er mochte diese Träume nicht. Es waren Eindringlinge in seinen Geist, nicht gerufen, alles durcheinanderbringend, profan, albern und lästig. Am besten, entschied er, man ignorierte sie. Und seltsamerweise funktionierte das. Nach einer Weile wurden sie seltener. Und dann blieben sie fast aus.

Nach seiner Dissertation hatte ihm Professor Wohllob, Inhaber des Lehrstuhls für Theoretische Physik, eine Assistentenstelle angeboten. Seither mußte er dreimal in der Woche vor einem Saal gähnender, kritzelnder Studenten Einführungen in Thermodynamik, Atomphysik, Grundzüge der Quantentheorie und einmal in der Woche, abwechselnd mit seinem Kollegen Mohr, das Seminar für die Fortgeschrittenen halten und am Ende des Semesters Stöße von Prüfungsarbeiten korrigieren, unter die Wohllob dann nur noch seine schiefe Unterschrift setzte.

»Ich hätte gerne«, sagte Wohllob, »daß Sie zum Kongreß nächstes Jahr mitkommen. Und daß Sie einen Vortrag halten. Sie müssen was für Ihre Karriere tun, mein Lieber!«

»Aber nein«, David fühlte, wie ihm heiß wurde, »ich kann das nicht!«

»Ich möchte darüber nicht diskutieren. Sie machen das. Keine Angst, niemand tut Ihnen etwas.«

»Sie verstehen nicht ...«

»Ich möchte«, wiederholte Wohllob, »darüber nicht diskutieren.«

David arbeitete ein halbes Jahr an seinem Vortrag. Vielleicht sollte es so sein, vielleicht war das die richtige Gelegenheit, um zu zeigen, was er herausgefunden hatte. Selbst Valentinov würde da sein! So saß er bis in die Nacht an seinem Schreibtisch, vor dem matten Glimmen des Monitors, das sich mit der Zeit fest auf seine schmerzenden Augen legte, und tippte mit vom Kaffee zitternden Händen, bloß um das, was er geschrieben hatte, nicht gut, nicht klar genug zu finden und es wieder zu löschen und von vorne zu beginnen und endlich aufzusehen, todmüde, und zu bemerken, daß schon das erste Tageslicht durch das Fenster fiel und die Nacht vorbei war und für über zwölf Stunden keine Möglichkeit mehr zu schlafen.

»Ich dachte«, sagte Marcel, »du willst dich verstecken!«

»Aber das könnte der richtige Moment sein. Ich werde ihnen alles sagen, was ich weiß.«

Sein Computer stürzte immer häufiger ab: Plötzlich verschwand das Bild, wie eingesogen vom summenden Inneren des Gerätes, und nur ein weißes Flackern blieb zurück. Er gewöhnte sich daran, mit der Hand zu schreiben. Betrachtete die karierten, mit Schriftzügen überzogenen Blätter (die Formeln sahen, wenn man die Augen zukniff, wie vielbeinige Tierchen aus) und stellte sich vor, wie er das Podium besteigen, sich räuspern und, ohne aufzusehen, beginnen würde zu sprechen. Irgendwann würde er den Blick heben und den vielen Augen begegnen, Reihe um Reihe, unter Glatzen und spärlich behaarten, nicht ganz runden Köpfen, und es würde, bis auf seine Stimme, verstärkt durch Mikrofon und Lautsprecher, sehr still sein ... Er malte es sich so deutlich aus, daß er verblüfft war, als es plötzlich – geschah. Und er sich vor dem Saal fand, dem stummen, vieläugigen, und Menschen ihn ansahen, so viele davon, und darauf warteten, daß er sprach. Seine Notizen lagen vor ihm. Er heftete den Blick darauf und bemühte sich, seine Nervosität niederzukämpfen; tief atmen, dachte er, ich muß nur tief atmen; und er hörte seiner Stimme zu, aber es gelang ihm nicht ganz, ihr zu folgen. Seine Gedanken schweiften ab, für einen Moment sah er sehr klar das Meer vor sich und spürte den Geruch von Tang und fragte sich, ob er nicht eigentlich noch dort und dieser Saal nur ein Erzeugnis seiner Phantasie war; und dann fühlte er sich im Gras liegen und das Gewicht von Maria Müller auf sich, und eine Ameise krabbelte kitzelnd an seinem Hals entlang; und dann, für eine Sekunde, sah er das Gesicht seiner Schwester mit offenen Augen und durchschnittenem Hals, und sein Aufschrei ging in dem Lärm unter, der im selben Moment losbrach und ihn in diesen Saal, an dieses Pult zurück riß.

»Und dann?« fragte Katja.

»Ich weiß nicht. Jedenfalls war es ziemlich laut. Ein paar Leute sind aufgesprungen und haben geschrien, und einer hat mit dem Finger auf mich gezeigt, und ein anderer hat immer wieder gerufen ›Laßt ihn reden, laßt ihn doch reden!‹, und zwei sehr alte Männer weit hinten haben geklatscht, aber das hat niemand beachtet. Wohllob, in der ersten Reihe, hat mich nicht angesehen. Und dann sind noch mehr Leute aufgestanden, und dann haben sie sich gegenseitig angebrüllt, und jemand hat ins Mikrofon gesagt, sie sollen doch ruhig sein, man kann über alles diskutieren, und jemand hat gerufen ›Darüber nicht!‹, und dann haben alle gelacht, und dann bin ich gegangen. Ja, dann bin ich gegangen.«

Er schwieg. Katja sah ihn an: Sein Gesicht hatte rote Flecken, seine Haare standen unordentlich von seinem Kopf ab, er atmete schwer.

»Am nächsten Tag war es sogar in der Zeitung: *Eklat auf Physikerkongreß*. ›Ein unbekannter Anfänger trug abstruse Theorien vor, wurde in der Mitte seiner Rede unterbrochen und lief hinaus.‹ Daneben ein Interview mit Grammholz, dem Veranstalter, der sagte, er kann es sich nicht erklären, und es wird nie wieder passieren, und man muß eben besser aufpassen, wen man einlädt. Wohllob spricht seither nicht mit mir. Ich nehme an, meine Stellung bin ich auch los.« Er lächelte und warf Katja einen seltsam klaren Blick zu. »Ich bin doch selbst schuld, nicht? Ich hätte es wissen können.«

Er ging zu seinem Schreibtisch, öffnete eine Schublade und nahm zwei Blätter heraus.

»Sieh mal! Zwei Kollegen haben mir geschrieben. Ohne voneinander zu wissen. Sie fanden es interessant, trotz allem, und sie vermuten, daß ich recht haben könnte, und wollen mit mir reden.« Er warf die Briefe zurück und stieß die Schublade zu. »Ich werde mich hüten!«

»Aber warum?« fragte Katja. »Sie wollen dir helfen!«

»Allerdings! Aber denselben Fehler mache ich nicht zweimal. Ganz bestimmt nicht!«

»Und Valentinov?«

David antwortete nicht

»Was ist mit Valentinov? Was hat er gesagt?«

»Er war nicht da. Keiner wußte, warum. Er ist einfach nicht gekommen. Ich habe ihm meinen Vortrag geschickt, aber er hat nicht geantwortet.« David rieb sich die Stirn. »Er hat einfach nicht geantwortet.«

Doch dann hatte David Glück. Oder eine seltsame Abart davon: Eine Woche später legte Professor Wohllob sich ins Bett, deckte sich zu, löschte das Licht, schlief ein und wachte nicht mehr auf, nie wieder. Sein Nachfolger wurde Ernst Grauwald, der von dem Kongreß nichts wußte, der niemals zu Kongressen ging und für den die Wissenschaft ein Ort umsichtiger Machtpolitik war. David sah ungefährlich und sogar nützlich aus, und so verlängerte er seinen Vertrag. – Und dann starb noch jemand.

Das Begräbnis fand wieder, durch einen Zufall, im Sommer statt; als gehörte das dazu. David stand neben Wöbeling und sah zu, wie die längliche Holzkiste sich senkte und in ihrem viereckigen Loch verschwand; auf der Stirn des Mannes, der die Kurbel drehte, standen Schweißtropfen. Plötzlich hatte David das Gefühl, daß alles, was sich zwischen diesem Begräbnis und dem letzten ereignet hatte, eine Täuschung war, ein Irrtum; daß sein Leben sich nie anderswo abgespielt hatte, als auf diesem Friedhof. Er ließ eine Schaufel Erde fallen, die mit einem prasselnden Geräusch auf das Holz traf und liegenblieb, ein Häufchen bräunlicher Schmutz. Dann verabschiedete er sich von Wöbeling und ging heim.

Er wurde jetzt häufiger krank. Seine Arbeit (für die er nichts brauchte als einen Tisch und Papier und Schreibzeug und die sich auch beim Gehen fortführen ließ oder in der Straßenbahn oder im Bett, nahe am Einschlafen) erschien ihm wie eine Bewegung gegen einen wachsenden Widerstand. Oft fiel ihm das Atmen schwer, ihm wurde schwindlig, die Farben wichen aus den Gegenständen, ein hohes, rauschendes Geräusch floß durch sein Gehör und übertönte alles andere. Es gab Tage, an denen jede Bewegung seines Körpers einen schwach schmerzenden Gegendruck hervorrief. Und seine Kurzsichtigkeit verschlimmerte sich ungewöhnlich schnell: Er brauchte eine neue und dann wieder eine neue Brille. Er hatte oft Fieber, er erkältete sich immer leichter.

»Ich muß mich beeilen«, sagte er zu Marcel, »wenn ich einmal fertig bin, dann ist es vorbei, dann habe ich gewonnen. Aber wenn ich es nicht *bald* schaffe, dann ...« Er zog seinen Schal fester um den Hals und starrte Marcel mit seinen von der Brille verkleinerten Augen an; man konnte, das fiel Marcel wieder einmal auf, nicht sagen, welche Farbe sie hatten. »... dann verliere ich.«

Er machte lange Spaziergänge. Ging durch die Stadt, bis seine Füße weh taten, die Hände in den Taschen, den Blick auf seine abwechselnd auftretenden Schuhe gerichtet. Etwas in ihm zählte mit: seine Schritte, die Fugen im Asphalt, die Hydranten am Straßenrand, die Schuhpaare von Passanten, die er nicht ansah und oft anrempelte und deren Schimpfworte ihm der kühle, nach den Pizzabuden riechende Wind hinterhertrug. Seine Hände in den Taschen ballten sich, sein Atem ging schneller, seine Konzentration war fast vollkommen.

Er blieb stehen. Er war auf dem Hauptplatz, vor dem alten Rathaus, in dem Marcel seit einiger Zeit arbeitete; aber er erkannte es nicht. Er hob den Kopf und sah ein spitzwinkeliges Dreieck, das ein Oval schnitt: den Turm des Rathauses und eine Regenwolke. Wie früher im Fußballtor war die Welt zurückgewichen und alle Formen waren klar und geometrisch geworden; fast fühlte er sich wieder durch die Luft gleiten. Und die Lösung schien nahe. Er atmete, – aber es gab keinen Atem mehr, nur einen pulsierenden Wechsel, das Auf- und Abgleiten einer Kurve. Und die Lösung schien sehr nahe. In die Kurve mischte sich eine zweite, von höherer Frequenz, hinauf und hinunter rasend. Das Oval hatte sich von dem Dreieck entfernt, zwischen den beiden öffnete sich leerer Raum, aufgespannt von den Achsen eines Koordinatensystems, in dessen Mittelpunkt ... Da schoß eine Spitze aus Schmerz durch ihn; er hörte sich aufschreien und spürte, daß er tatsächlich fiel und daß die zweite Kurve, die schnellere, nichts anderes war als das Pochen seines Herzens.

Er sah den Turm über sich und die runde Wolke und die Gesichter von Menschen, die sich über ihn beugten und ihre Lippen bewegten und Laute von sich gaben, die er nicht verstand. Dann trennte ihn der Schmerz von ihnen. Und von allem, was außerhalb seines Körpers war.

Eine weiße Fläche zog vorbei, erhellt von einer, zwei, drei Neonröhren; nach der vierten verschwamm alles, und ein kleines Mädchen wandte ihm den Rücken zu und gab irgend jemandem Zeichen mit beiden Händen, er wußte, wer sie war. Dann wurde sie von einer Flut aus grellem Licht weggespült; eine sehr starke Lampe strahlte ihm in die Augen, jemand preßte etwas auf sein Gesicht, eine Maske aus Kunststoff, und ein elektrisches Pfeifen füllte die Luft und hörte nicht auf und hörte nicht auf und hörte nicht auf und hörte ...

»Doch ja«, sagte der Arzt lächelnd und strich zärtlich über seinen Schnurrbart, »ich gebe zu, das ist eher selten. Aber durchaus nicht so ungewöhnlich, wie Sie denken. Auch bei jüngeren Menschen, selbst bei Kindern gibt es immer wieder Infarkte. Auch bei Sportlern. Nehmen Sie Norton Benfield, den Olympiasieger im ...«

»Ich weiß«, sagte David.

»... gesunde Ernährung. Bewegung, kein Rauchen, keinen Alkohol. Eine Kur vielleicht. Und vor allem ...«

»Ich weiß.«

»... abnehmen. Unbedingt! Wissen Sie, um das Herz herum sind kleine Äderchen. Und wenn das Blut nicht kräftig fließt, weil dort zuviel Fett ist, dann kann es eine Verstopfung geben, einen ...«

»... Thrombus der Koronararterien. Ich weiß das!«

»Fein«, sagte der Arzt ärgerlich, »um so besser.« Er stellte eine Dose auf den Nachttisch. »Nitroglyzerinspray. Gefäßerweiternd. Sollten Sie ab jetzt immer dabei haben.« Er nickte befriedigt, ging hinaus, ließ die Tür hinter sich zufallen und kam nicht zurück.

Als David aus dem Krankenhaus entlassen war, fuhr er tatsächlich zur Kur: Eine Eisenbahnreise von mehreren Stunden brachte ihn in eine grüne, leicht gewellte, nicht sehr interessante Landschaft. Während der Fahrt horchte er mißtrauisch auf die Schläge seines Herzens, die sich jetzt anfühlten und sich für immer anfühlen würden wie die Bewegungen eines unberechenbaren Gegners. Es fiel ihm schwer, nicht mehr zu rauchen; es fiel ihm schwer, wenig zu essen, obwohl das Essen nicht gut war. Das Wasser in dem Becken, in dem er jeden Morgen schwimmen mußte, war zu warm, roch nach Chlor und Schwefel, und obwohl er ein guter Schwimmer war, hatte er Angst vor dem Ertrinken.

Er arbeitete den ganzen Tag. Er schrieb nichts mehr auf, sondern hielt alle Formeln vollständig in seinem Gedächtnis fest: Das erforderte mehr Konzentration, aber dafür ging es schneller. Und man mußte nie unterbrechen; auch nicht während man aß oder schwamm oder schwer atmend, schwitzend unter der zu starken Sonne spazierenging. Über einen steilen Weg, auf- und abwärts, über niedrige Hügel. Er hörte sich keuchen.

Dann mußte er ausruhen. Sein Herz klopfte hastig; das Blut pulsierte in seinen Ohren. Er setzte sich neben den Weg, in die Wiese. Dann legte er sich vorsichtig hin. Er gähnte. Sein Herzschlag wurde ruhiger.

Er atmete aus und ein und aus. Das Gras kitzelte ihn an den Ohren. Für einen Moment fiel ihm Maria Müller ein, und er fragte sich, wo sie war. Ein Flugzeug schwamm sehr langsam durch das Blau, blinkend, als wollte es darin besondere Stellen markieren; es verschwand hinter einer Wolke und kam nicht mehr hervor. Es war völlig still.

Es war zu still.

So eine Stille hatte er noch nie erlebt. Ein Flimmern zog durch die Luft. Er spürte, daß er angesehen wurde. Er kniff die Augen zu, ließ einige Sekunden vergehen, öffnete sie wieder.

Da war nichts. Auch nicht das Flugzeug, auch keine Wolke. Nur der nahe, plötzlich sehr nahe Himmel.

In einer Farbe, die er noch nie gesehen hatte. Sie schmerzte in seinen Augen, auf seiner Stirn, auf seiner Haut. Er bewegte sich nicht. Er versuchte einzuatmen, aber da war keine Luft. Der Himmel umschloß ihn fest.

Selbst das Gras stand ganz ruhig, war nicht mehr zu fühlen. Der Himmel rückte näher. Er konnte noch immer nicht atmen.

Mit aller Kraft schloß er die Augen. Es half nicht: Der Himmel blieb sichtbar. Ein Anfall von

Panik, von hilfloser, brennender Angst lief durch seinen Körper. Es dauerte an, immer noch. Und immer noch. Und immer noch.

Als er zu sich kam, war es dunkel. Irgendwann hatte sein Bewußtsein nachgegeben, war zurückgewichen, erloschen. Er wußte nicht, wie lange er so dagelegen hatte. Die Bäume neben der Wiese waren zu Silhouetten geworden. Ein Vogel schrie, von der Straße her hörte er das dumpfe Geräusch eines Autos. Eine Wolke gab den Mond frei, wie eine Messingscheibe, fleckig und nicht ganz rund. Davids Haut schmerzte vom Sonnenbrand, und das Aufstehen fiel ihm schwer; seine Gelenke fühlten sich steif und abgenutzt an. Er ging langsam und vorsichtig, einen Fuß vor den anderen setzend, zurück zu seiner Pension. Wenigstens war es noch nicht zu spät für das Abendessen. Er wußte, es war wieder eine Warnung gewesen. Vielleicht die letzte.

In der Nacht schlief er lange nicht. Zum erstenmal wollte er aufhören. Er mußte auf dem Rücken liegen, wegen des Sonnenbrandes konnte er sich nicht auf die Seite drehen. Er dachte an die Farbe, die er gesehen hatte (später versuchte er, sie aus anderen Farben zu mischen, etwas zu erzeugen, das ihr ähnlich sah, aber das erwies sich als unmöglich, und danach vermied er es, sie sich auch nur vorzustellen). Er stöhnte leise. Nein, es war nicht möglich, er konnte nicht aufgeben, er hatte schon zu viel erreicht. Die Zeit, die stumme, tödliche Zeit: Es gab einen Weg, ihr zu entkommen.

Er benutzte den Spray. Sein Kopf schmerzte, und ihm war heiß: wahrscheinlich hatte er auch wieder Fieber. In ihm errichteten sich seltsam häßliche Zahlen und arrangierten sich zu immer neuen Multiplikationen; mit aller Kraft schob er sie weg. Sein beschädigtes Herz pochte, pumpte Blut durch einen fetten, nachlassenden Körper. Und während er hier lag, in diesem Bett, auf dem Rücken, ohne Decke, denn die tat zu weh, und auf den Schlaf wartete, entstand in ihm ein starkes Gefühl von Unwirklichkeit. Als wäre er (aber das war schon Teil eines Traumes) nicht mehr hier, sondern in einem Büro, vor einem Tisch, an dem ein alter Mann saß, in einem schwarzen Anzug, den Kopf auf die Fäuste gestützt, den Blick aus halb geschlossenen Augen auf die Tischplatte geheftet. Regen trommelte ans Fenster. Die Lampe sandte einen gelben, unreinen Schein aus.

Das *déjà vu* war so heftig, daß er zu stottern begann. Ja, er mußte schon hiergewesen sein. Und zugleich war ihm, als wäre er gerade anderswo, in einem Bett, weit entfernt in Raum und Zeit. Er räusperte sich und wollte weitersprechen, aber er wußte nicht mehr, wo er unterbrochen hatte. Er räusperte sich noch einmal.

»Und?« fragte Grauwald, ohne aufzusehen. »Ist das alles?«

David versuchte nachzudenken. Aber er wußte nicht mehr, wie weit er gekommen war, er hatte keine Erinnerung an die letzte Stunde: Er hatte geredet und geredet, bis er heiser war, doch sein Bewußtsein war anderswo gewesen. Wie damals, bei seinem Vortrag.

»Ja«, sagte er zögernd. »Das ist alles.«

Grauwald sah auf den Tisch und schwieg. Der Regen war sehr laut. Im Nebenzimmer läutete ein Telefon.

»Ich weiß nicht recht«, sagte Grauwald, »wo ich anfangen soll. Am liebsten würde ich . . . Aber Sie wollen ja eine Stellungnahme. Sie wollen sogar, daß das gedruckt wird, nicht?« Er schwieg, kniff die Augen zusammen und betrachtete seinen Handrücken. Das Telefon läutete wieder.

»Was Sie da vorgetragen haben . . . Also ich muß gestehen, daß es mir ab einem bestimmten Punkt nicht mehr möglich war . . . Und bitte sehen Sie, was Sie angerichtet haben!«

Der Tisch war bedeckt mit bekritzelten Blättern. Auf dem Boden lagen zwei Kugelschreiber, ein Bleistift und eine Schachtel Büroklammern, die sich geöffnet und ihren Inhalt, hundert winzige, glitzernde Klammern, über die gesamte Fläche des Teppichs verteilt hatte. Das Telefon läutete noch einmal, zögerte, gab es auf.

»Ich habe Sie nicht unterbrochen«, sagte Grauwald, »auch wenn ich, das gebe ich zu, schon eine

Weile nicht mehr zugehört habe. Ich ... habe nichts verstanden! Nichts! Und warum?« Seine Handflächen klatschten gegeneinander. »Weil es da nichts zu verstehen gibt! Herr Doktor Mahler, ich habe noch nie ein derart verworrenes Zeug gehört, so ein ... so ein ...« Er hob eine Hand, ballte sie zur Faust und schlug plötzlich, wohl auch zu seiner eigenen Überraschung, so fest auf den Tisch, daß einer der Papierbälle wegsprang und die Lampe und ein Brieföffner leise klirrten. »Jedenfalls werde ich nicht meinen Ruf riskieren, indem ich so etwas ... Nicht einmal Ihre Rechnungen stimmen!«

»Ich denke schon«, sagte David, »daß meine Rechnungen stimmen. Werden Sie es drucken?«

»Haben Sie mich nicht verstanden?«

David strich sich über die Stirn. Er atmete schwer. »Herr Professor, ich habe Sie nicht um Ihre Meinung gebeten, sondern nur darum ... Glauben Sie, daß es Wächter gibt?

»Was?«

»Ich weiß nicht, wie ich es sagen soll. Ich denke, manche Dinge sollen nicht entdeckt werden ...« Er blickte zum Fenster. Es regnete nicht mehr. Der Himmel sah grau aus, wie aus Metall.

»Sie sind verrückt«, sagte Grauwald langsam.

»Vielleicht. Aber irgend jemand sucht mich. Und meine Rechnungen stimmen.«

»Glauben Sie, ich kann das nicht beurteilen?« Grauwalds Kopf machte einen Ruck, seine Augen schienen noch kleiner zu werden. »Halten Sie mich für einen Idioten?«

David sah ihn an. Unterdrückte einen Hustenanfall, hielt sich an den Stuhllehnen fest, sah ihn an.

»Das ist eine Frechheit!« schrie Grauwald. »Eine Unverschämt... Und wird auch nicht ... nicht ohne ...! Passen Sie auf, ich werde Ihnen Ihre Fehler zeigen, es wird mir ein Vergnügen sein. Sie setzen sich hier hin, faseln von Entropie und von Wächtern, wollen mir abstruse, erfundene Formeln verkaufen, versuchen haarsträubende Beweise für diesen Unsinn und ...«

»Werden Sie meinen Artikel drucken?«

»Natürlich nicht!«

David stand auf.

»Sie bleiben!« brüllte Grauwald. »Sie gehen jetzt nicht! Sie werden mir zuhören!«

David wandte sich ab.

»Mahler!«

David blieb stehen.

»Haben Sie schon mit einem Fachmann gesprochen?«

»Ich dachte, Sie sind einer.«

»Nein, das meine ich nicht. Ich meine ... Sie brauchen Hilfe.«

David starrte ihn an. Auf dem Gang näherten und entfernten sich Schritte. Siebenundneunzig Klammern waren es auf dem Boden, nicht hundert, bloß siebenundneunzig. Er wandte sich zur Tür.

»Bleiben Sie hier!« sagte Grauwald leise. »Man kann über alles reden, von mir aus auch über Ihre Theorie, von mir aus ... Machen Sie keine Dummheiten!«

David riß die Tür auf und ging hinaus. Den leeren, sanft schwankenden Gang entlang. Ihm war schwindlig. Er hörte noch, wie die Tür hinter ihm ins Schloß fiel und mit einem Knall Grauwalds Stimme erstickte. Seine heisere, noch immer redende Stimme.

IX

Drei Hände. An drei verschiedenen Stellen des Saales. Erhoben vor der feuchten Helligkeit der Fenster sahen sie dunkel, fast wie Knochengerüste aus.

»Nein«, sagte David, »nicht jetzt. Bitte keine Fragen.«

Er stützte sich auf den Tisch, beugte sich vor, versuchte, sie nicht anzusehen. Ihre Gesichter machten es ihm schwer, sich zu konzentrieren. Achtundvierzig Augenpaare (und ein geschlossenes; ein junger Mann in der vorletzten Reihe schlief; er schlief tatsächlich; seine Brust bewegte sich auf und ab, und sein Mund war leicht geöffnet; wann immer Davids Blick ihn streifte, fühlte er eine Regung sinnloser Sympathie), achtundvierzig Kugelschreiber, die sich stockend über das Papier bewegten, die versuchten, seine Worte festzuhalten. Schon wieder drei Hände.

»Ich muß das erst zu Ende führen«, sagte David. »Die Fragen bitte nachher.« Am Rand der Tischplatte klebte der gehärtete Ball eines ausgespuckten Kaugummis. David unterdrückte den aufsteigenden Ekel und beschloß, nicht mehr hinzusehen, auch dort nicht mehr hinzusehen. Wie immer in seiner Vorlesung bemühte er sich, nicht tief zu atmen: Es roch nach Schweiß und sich vermischenden Parfums, nach Arbeit und Langweile, nach einer Versammlung von Körpern, nach Mittag und Trägheit.

»Können wir«, hörte er sich sagen, »zumindest hypothetisch davon ausgehen, daß die Natur uns täuscht? Sie kennen alle ...« Er warf ihnen einen Blick zu: ihre ratlosen, abwesenden Gesichter, bärtige und rasierte, und die hübschen Studentinnen, die aber nie ganz vorne saßen; einige von ihnen waren kaum jünger als er selbst. Und er wußte, sie kannten es nicht. »Sie kennen alle das Valentinov-Paradoxon. Sie wissen, daß die Natur eines Elektrons sich uns enthüllt, abhängig von der Frage, die wir ihm stellen. Das Experiment, das die Wellennatur belegen soll, belegt die Wellennatur; das Experiment, das die Korpuskelthese stützen soll, stützt die Korpuskelthese. Beides scheint sich auszuschließen, beides existiert nebeneinander. Normalerweise gehen wir davon aus, daß diese Perspektiven vereinbar sein müssen, unter einer dritten, höheren Perspektive, die wir noch nicht kennen. Das ...« Wieder hob sich eine Hand. Er sah es aus dem Augenwinkel und ignorierte es. »... wäre schön! Aber was, so das Valentinov-Paradoxon, wenn es nicht so ist?«

Noch eine Hand. David drehte sich zum Fenster und verschränkte die Arme auf dem Rücken. Er sah wieder Grauwald vor sich, sein wütendes Gesicht, seine gebleckten, lächerlich gelben Zähne.

Ich könnte genausogut, dachte er, nach Hause gehen, das ist ohnehin meine letzte Vorlesung. So oder so. Auf jeden Fall die letzte.

»Wenn es also«, sagte er in die Richtung des Fensters, »nicht so ist? Wenn die beiden Experimente einander widersprechen, ohne daß irgend etwas uns hilft und den Widerspruch aufhebt? Dann wäre ...« Er wandte sich ihnen zu, allen sechsundneunzig – nein, achtundneunzig, nun war auch der Schläfer wieder wach – Augen. »Dann wäre die Realität ein ziemlich unsicherer Ort. Und wenn es ...« Die Hand hatte sich wieder gesenkt, keiner meldete sich mehr, sie alle sahen ihn bloß an, erstaunt oder ausdruckslos. »Und wenn es eine Truppe, sagen wir von Engeln gibt, oder auch eine Tendenz der Welt, was dasselbe wäre, die Zerstörung der Regeln zu verhindern, die Entdeckung der Fehler, denn ...« Er drehte sich wieder zum Fenster. Auf dem Halbrund des Platzes standen Bänke, saßen Menschen, drängten sich Tauben, erkennbar nur als ein Gewirr grauweißer Flecken. Er räusperte sich. Auch von hier sah man das Hochhaus mit all seinen Spiegeln und seinem zweiten, beunruhigend nach innen gestülpten Himmel. »... denn glauben Sie mir, die Schöpfung *enthält* Fehler. Gott rechnet, aber ... manchmal rechnet er schlecht.«

Er sah über seine Schulter: Ihre Gesichter hatten sich verändert. Und die Schreibgeräte hatten ihre gleichmäßige Bewegung, von links nach rechts, im Rhythmus seiner Worte, eingestellt; sie lagen jetzt, wo er auch hinblickte, neben den offenen Heften und Blöcken. Ein Gemurmel begann, sie warfen einander Blicke zu, ein blondes Mädchen schüttelte den Kopf, und ausgerechnet der Student, der vorhin geschlafen hatte, grinste breit und bösartig.

»Doch das ist ein gut gehütetes Geheimnis. Es soll nicht entdeckt werden. Und manchmal scheint es, daß der, der es entdeckt, auf irgendeine Weise, auf eine sehr reale Weise, bitte verstehen Sie das nicht ... metaphorisch ... *verfolgt* wird. Verfolgt und ...« Er strich über sein Kinn, seinen Hals, unterdrückte einen Hustenanfall; absichtslos und zu seinem eigenen Schrecken hatte seine Hand sich auf sein Herz gelegt, er zog sie schnell zurück und steckte sie in die Tasche. Etwas flatterte auf das Fenster zu, er zuckte zusammen, aber es war nur eine Taube. Jemand lachte auf.

»Wenn zum Beispiel«, sagte eine Stimme, und es war seine eigene, bloß klang sie anders als gewohnt, »jemand entdeckt hätte, was die Zeit ist und wie ... ihr vielleicht zu entkommen wäre ... Bitte nehmen Sie das als ein ganz willkürliches Beispiel! Dann würde er sich zu Beginn wohl sehr freuen, die Schönheit seiner Entdeckung, ihre Größe würde ihn ... Aber langsam würde er merken, daß er in Gefahr ist. Vielleicht würde er auch in seinem Leben etwas entdecken, was immer da war, aber erst jetzt sichtbar wird, ein Muster von . . . von Versuchen, ihn abzuhalten. Von Versuchen, ihn zu . . .« Er stockte. Er wußte nicht mehr, wohin er schauen sollte; auch das Hochhaus war zu einem unerträglichen Anblick geworden. Er spürte die achtundneunzig auf ihn gerichteten Augen. Und die zwei Augen der Taube, wie schwarze Nadelköpfe, jetzt verdeckt von winzigen Lidern, jetzt wieder sichtbar. Sie pickte nach etwas. Ihre Federn sahen zerzaust und schmutzig aus. Er trat auf die Fensterscheibe zu. Da sprang sie ins Leere.

Er sah ihr nach. Sie fiel. Fiel und öffnete spät erst, als hätte sie gezögert, ihre Flügel. Zog eine Kurve, gespiegelt im roten Dach eines Autos, fing ihren Sturz ab, lag auf dem Wind, machte ein paar Flügelschläge und landete neben dem Auto auf dem Asphalt, unter den anderen Vögeln. Und war schon einer von ihnen; nicht mehr zu unterscheiden.

»Herr Doktor«, sagte eine Stimme. Eine klare, angenehme Frauenstimme von irgendwo aus der Mitte des Saales.

»Ja?«

»Was reden Sie da?«

David spürte, wie er rot wurde. Er stand regungslos. Sein Blick lief die Sitzreihen entlang, aber er konnte sie nicht finden, er wußte nicht, wer diese Frage gestellt hatte. Von einigen Stellen des Raumes hörte er Kichern.

Er räusperte sich, um zu antworten. Um irgend etwas zu antworten. Auf einmal, ganz grundlos, fiel ihm die Taube ein. Sie war nicht in die Höhe gestiegen; im Gegenteil. Denn so machten sie es immer: flogen nicht auf, sondern ließen sich fallen, ließen den Sturz in den Flug übergehen, so daß man nicht sagen konnte, wo das eine endete und das andere begann. Natürlich, sie mußten Kraft sparen. Es war sehr mühsam für sie, und auch gefährlich. Selbst sie hatten einen Körper zu tragen, auch er war Stoff und umfangen von Schwere. Und ihre Leichtigkeit: ein Sieg über feindselige Kräfte, erschlichen durch List. Nur durch List.

Jemand lachte. Eine Studentin warf ihre Haare zurück; ein blondes Aufleuchten. Ein Kugelschreiber, zu Boden gefallen, rollte an den Sitzreihen vorbei, abwärts, auf das Pult, auf David zu. Er wich zurück. Das Lachen wurde lauter. David öffnete den Mund und schloß ihn wieder. Dort war die Tür. Die schmale Tür, ein Rechteck in der Wand, und man konnte es öffnen und konnte ...

Er sah auf seine Armbanduhr. Ihm schien, daß er sie ticken hörte, ganz deutlich, trotz all dem Lärm. Die Klarheit dieser einen Nacht ... Und wie verunreinigt alles schon war, beschmutzt durch Lachen und Zweifel und Gleichgültigkeit; gefährdet durch das, was auf ihn zukam, was sich näherte, was Leben auslöschte und in den Abgrund der Vergangenheit zog, der unendlichen, vergessenen Zeit hinter jedem Moment. Einige Sekunden, einige kleine, deutliche Tickgeräusche seiner Uhr lang, hielt er noch aus. Das Lachen umspülte ihn, ihre lächelnden Gesichter errichteten sich vor ihm wie eine Wand. Noch eine, noch zwei Sekunden . . .

Dann ging er hinaus.

Ohne sich umzudrehen. Wieder den Gang entlang, den leeren, leicht verzerrten Gang. Dort: Grauwalds Tür. Aus einem plötzlichen Impuls blieb er stehen. Und öffnete.

Grauwald kniete auf dem Teppich und sammelte Büroklammern auf. Er atmete schwer, sein Rücken war gekrümmt, sein weißhaariger Kopf schien etwas schief auf seinem Hals zu sitzen.

»Mahler«, sagte er, »schon wieder! Daß Sie sich noch einmal . . .«

David sah ihn an. Grauwald versuchte aufzustehen: Er beugte sich vor, drückte sich mit den Händen vom Boden weg; aber plötzlich verließ ihn die Kraft. Seine Arme knickten ein, und er fiel, mit einem leisen, satten Plumpsgeräusch, wieder hin und saß da, mit weggestreckten Beinen, auf dem Boden, wie ein kleines Kind. Im Teppich neben ihm waren für eine Sekunde noch die Abdrücke seiner Finger zu sehen.

»Was zum Teufel«, fragte er leise, »wollen Sie denn noch . . .?«

David schloß die Tür. Die Treppe hinunter, durch das zweite, das erste Stockwerk, in die Halle;

auf die Drehtür zu. In einer Nische schlief, den Kopf auf die verschränkten Arme gelegt, schnarchend, der Portier. Als David vorbeiging, stöhnte er leise auf.

Die Drehtür hielt ihm von allen Seiten, blaß und vervielfacht, sein Spiegelbild entgegen. Ein dicker, schwitzender Mann mit einem entschlossenen Ausdruck auf einem roten, schlecht rasierten Gesicht. Die Tür surrte bei ihrer Bewegung, zögerte und – gab ihn frei. Die kühle Luft, angenehm nach dem stickigen Hörsaal. Dort drüben, neben der Treppe, war damals Valentinov in das Auto gestiegen und davongefahren, hinaus aus Davids Leben; er konnte nie aus dieser Tür treten, ohne daran zu denken.

Die Stufen hinunter, auf den Platz. Ein Taubenschwarm, er hatte ihn schon von oben gesehen (er unterdrückte den Impuls, sich nach seinem Fenster umzudrehen; er wußte, daß sie jetzt dort standen und auf ihn hinunterblickten) bedeckte gurrend den Boden; auf den Bänken saßen einige alte Männer und warfen Brotstückchen, und wo immer diese hinfielen, drängten sich die Vögel, stießen einander weg, hackten aufeinander ein. Ich werde nie wieder, dachte er, diese Treppe hinuntergehen. Er atmete tief ein und aus, die Luft war feucht, gereinigt vom Regen. David schob die Hände in die Taschen und ging auf den Taubenschwarm zu, mitten über den Platz.

Da flogen sie auf.

Eine kreischende, sich hebende Masse. Als wäre der Erdboden lebendig geworden. Für einen Moment war die Luft ganz von Flattern erfüllt, von bewegtem Grau: einer der alten Männer drehte sich weg, ein anderer schlug die Hände vor sein Gesicht ... Und schon war es vorbei. Man mußte den Kopf in den Nacken legen und ihnen nachsehen: Sie waren bereits über den Dächern, und der Lärm verebbte, ihre vielen Schreie, vermischt zu einem einzigen, auf- und abschwellenden Schrei.

X

»Niemand weiß die Adresse!«

»Welche Adresse?« fragte Katja. Sie beugte sich vor und strich ihm über den Oberarm, eine weiche, angenehme Berührung. Er wich zurück.

»Von Valentinov. Ich habe gestern meine Notizen an seine Universität geschickt. Aber das reicht nicht. Ich muß selbst zu ihm.«

Katja sah ihn an. Er atmete schwer, seine Haare waren zerwühlt, sein Gesicht glänzte. »Meinst du nicht, nach all dem heute solltest du dir etwas Zeit lassen? Du hast wahrscheinlich deine Stellung verloren. Reicht das nicht?«

»Nein, das reicht noch lange nicht.« Er zog ein zerknittertes Taschentuch hervor und wischte sich das Gesicht ab. »Das war vorgestern, in der Nacht. Plötzlich wußte ich es. Alles, wonach ich gesucht hatte. Hast du übrigens die Laterne gesehen?«

»Was?«

»Auf der Straße. Sie ist schon wieder repariert. Weißt du, ich habe geträumt, daß sie kaputt war, als ich es noch gar nicht wissen konnte, und dann war sie es wirklich ... Als wäre ich ganz kurz in der Zukunft gewesen, verstehst du, als hätte meine Entdeckung selbst genügt, um für einen Moment die Ordnung durcheinanderzubringen ... Klingt das sehr wirr?«

»Ja«, sagte sie, »allerdings.« Sie sah ihn mit schräg gelegtem Kopf an, strich ihre Haare zurück und trat ans Fenster. Die Wolken hatten sich an mehreren Stellen geteilt und gaben einen schon hellroten Himmel frei. Ein Polizist ging mit langsamen Schritten die Straße entlang. »Vielleicht hast du ja recht, und ... vielleicht ist das, was du herausgefunden hast, so wichtig oder ... ungewöhnlich, daß es dich verwirrt. Daß dein Verstand ...«

»... es nicht verträgt. Meinst du das?«

Sie sah ihn an. Ihre roten Lippen, die Form ihrer Bluse, die Reflexion des Sonnenuntergangs auf ihrem Haar, das Braun ihrer Augen: all das, wider Willen, nahm er wahr. »Ja«, sagte sie langsam, »das meine ich.«

»Schönen Dank.«

»Was ist es eigentlich?«

David zuckte die Achseln. »Nichts Besonderes. Nur, daß es Zeit nicht gibt.«

»So ungefähr sagt das schon Platon. ›Das bewegte Bild der Ewigkeit.‹ Und dann viele andere. Sei mir nicht böse, aber besonders originell ist das nicht.«

»Nein, es ist uralt. Natürlich. Aber ich kann es beweisen.«

Sie warf ihm einen kurzen Blick zu. In der Fensterscheibe schwebte ihr Spiegelbild. Ein Windstoß warf scheppernd einen Abfalleimer um, schleuderte Blätter und Tücher in die Luft, riß dem

Polizisten die Mütze weg. Er streckte die Arme aus und lief ihr nach. Sie schlug vor ihm auf den Boden, flog weiter, schlug wieder auf den Boden.

»Die Physik«, sagte David, »kennt die Zeit nicht. Die wirkliche, die azyklische, die von der Vergangenheit in die Zukunft gerichtete. Oder doch: aber nur durch eine einzige Formulierung. Den zweiten Hauptsatz der Thermodynamik. Der sagt, daß die Unordnung immer wachsen muß.« Er war aufgestanden und hinter sie getreten. Der Polizist klopfte den Staub von seiner Mütze.

Katja drehte sich um. Sie stand jetzt ganz nahe vor ihm. Er sah ihr gerötetes Gesicht, ihre schmalen Augen, zwei Haarsträhnen, die sich auf ihrer Stirn kräuselten.

»In diesem zweiten Hauptsatz«, sagte er, »liegt die einzige Verbindung zwischen den Dingen und der Zeit. Wenn wir ihn außer Kraft setzen könnten ...«

»Aber das wäre furchtbar.«

»Wieso?«

Für einen Moment, einen langen, immer längeren Moment hielt er aus, umfangen von ihrer Nähe. Dann trat er zurück.

»Weißt du, es ist nicht besonders schwer. Das ist ja das Seltsame. Ich habe so lange gesucht, und ich hätte es wohl schon längst gefunden, wenn ich nur den Verdacht gehabt hätte, daß es so einfach sein könnte. Das ganze sieht wie ein Konstruktionsfehler aus, wie ... eine Art Irrtum. Es sollte wirklich nicht gehen.« Er faltete die Bügel seiner Brille auseinander, führte sie an sein Gesicht und setzte sie vorsichtig auf. »Aber es geht.«

Katja trat an ihn heran. Er fühlte das kalte Glas des Fensters hinter sich. Sie streckte die Hand aus und berührte seine Wange. Er zuckte zusammen, ihm fiel plötzlich der alte Mann auf der Bank ein, wie er ihn berührt hatte und was dann geschehen war. Katja zog ihre Hand zurück.

»Vier längere Formeln«, sagte er, »und ein paar Erläuterungen dazu. Ein paar Aufbauten in einem Labor. Man würde es in Gang setzen, und es würde sich ausbreiten wie Wellen im Wasser. Die Zeit würde unscharf werden. Weißt du, wir glauben immer, die physische Welt ist so sicher, so fest und durchgeplant. Und die Gesetze sind so verläßlich. Aber das stimmt nicht. Das ist alles sehr zerbrechlich. Sehr leicht zu beschädigen.«

»Mit dir stimmt etwas nicht.« Ihre Stimme klang unsicher, fast brüchig. »Du hast dich von allen Menschen getrennt. Du hast . . .«

»Ein blöder Satz. Menschen sterben. Sie erfüllen ihre Versprechen nicht. Sie sind immer anderswo. Ihr Hals kann durchgeschnitten werden.«

»Hör mir zu!« Sie legte ihre Hände auf seine Wangen und hielt seinen Kopf fest; schmerzhaft fest, und er sah das Spiegelbild seines Gesichtes, verdoppelt in ihren Pupillen. »Du hast dich in etwas verrannt!«

»Ja?« Er fühlte, wie eine heftige und sinnlose Abneigung in ihm aufstieg. »Wer bist du eigentlich?« hörte er sich fragen. »Du stehst hier und willst mich auf jede Weise davon abbringen, nicht wahr, auf jede? Wer hat dich geschickt?«

Sie ließ ihn los. »Was? Du glaubst ...«

Aber da verstand er sie nicht mehr; der Lärm eines Hubschraubers übertönte sie; und jetzt tauchte er schon im Fenster auf, überraschend groß und nahe. Das Rotorblatt malte einen Kreis in die Luft, eine rötlich schimmernde Fläche. Die Maschine entfernte sich, und der Lärm wich zurück, wurde schwächer, hörte auf.

»Selbst wenn dich niemand geschickt hat«, sagte er leise, »was unwahrscheinlich ist, denn sie sind da, und sie würden alles tun, und ich kenne dich kaum ... Selbst wenn sie dich nicht geschickt hätten, wäre es zu gefährlich.« Er setzte sich an seinen Schreibtisch, stützte den Kopf in die Hände und schwieg einige Sekunden. »Du könntest sterben.«

Er sah auf: Katja stand vor ihm, durch die Blässe ihres Gesichts traten ihre roten Lippen stärker hervor, sogar jetzt bemerkte er das. Sie atmete schwer. Er schüttelte den Kopf. »Es gibt sie. Es gibt sie wirklich. Aber vergiß die Legenden. In Wirklichkeit sind sie nicht gut. Sie sind nicht freundlich, und sie haben kein Mitleid.«

Der Hubschrauber kam zurück. Sein Stahlblatt,

das die Luft peitschte, das Dröhnen einer ungeheuren, in sich wirbelnden Kraft; unwillkürlich zog David den Kopf ein. Katja war geblieben, wo sie stand, in der Mitte des Zimmers, drei Schritte entfernt von ihm, nun versuchte sie nicht mehr näherzukommen.

Eine Weile sprachen sie kein Wort. Dann zog der Hubschrauber davon und nahm den Lärm mit sich. Die Sonne war fast schon untergegangen, ihr letztes Licht schien auf Katjas Gesicht zu flackern.

Sie schüttelte den Kopf. »Du bist übermüdet, David, und ich habe das nicht gehört. Nichts davon. Kein Wort.«

»Also, du glaubst mir nicht?«

»Bitte geh schlafen! Du bist ja in einem furchtbaren Zustand.«

»So?« Er musterte sie mit einem zerstreuten, beinahe feindseligen Ausdruck. »Das wußte ich nicht. Eigentlich fühle ich mich nicht schlecht. Entschuldige.«

»Schon gut.« Sie hatte sich abgewandt und versuchte mit hastigen, zu hastigen Bewegungen, eine Zigarette anzuzünden: Das Streichholz brach ab, fiel brennend, eine kleine gelbe Flamme, auf den Teppich; sie trat schnell darauf. Das Telefon läutete. David stand auf und hob ab.

Zuerst erkannte er die Stimme nicht. »Valentinovs Adresse«, rief Mohr, »habe ich jetzt doch bekommen, du schuldest mir was. Ich will gar nicht wissen, was du damit vorhast. Schreibst du mit? Ach ja, das hast du noch gar nicht gehört: Der alte Idiot ist im Krankenhaus, starke Schmerzen irgendwo im Magen, auch eine Art Schock, etwas Genaues weiß noch keiner. Scheint ziemlich schlimm zu sein. Und weil du nicht da warst, um was dagegen zu tun, haben wir dir die Vertretung für sein Seminar zugeschoben; tut mir leid, so läuft das. Ach ja, die Adresse! Also, schreibst du ...?«

David notierte die Adresse und legte auf. Er blickte um sich und erschrak; für einen Moment hatte er vergessen, daß noch jemand im Zimmer war.

Katja stand an der Tür. Sie hatte ihren Mantel angezogen, ihre Hand lag auf der Klinke.

»Warte noch«, sagte er, »bitte.«

»Nein, David. Ich komme morgen wieder.«

»Morgen bin ich nicht mehr da.«

Katja blickte ihn an, für einen Augenblick schien sie zu zögern; dann wandte sie sich ab, öffnete die Tür, knickte auf ihrem Absatz um, fand das Gleichgewicht wieder und ging hinaus. Ihre Schritte hallten durch den Gang, entfernten sich, wurden leiser, als sie die Treppe hinunterstieg, verstummten. Ein paar Sekunden später hörte er das Krachen der Haustür. Dann tauchte sie unter dem Fenster auf, sah nach rechts, sah nach links, überquerte die Straße. Als sie auf der anderen Seite war, drehte sie den Kopf, bis ihr Blick sein Fenster er reicht hatte; sie strich ihre Haare zurück (eine winzige Klammer löste sich, fiel auf den Boden, sprang weg und blieb auf der Straße liegen), ging an dem Polizisten vorbei, der noch immer seine Mütze putzte, kurz aufhörte und ihr nachsah, ging schneller, so daß ihr Mantel sich im Wind bauschte, bog um die Ecke und war nicht mehr zu sehen.

Der Hubschrauber zog langsam über den Horizont. Mit einem Klicken schalteten sich die Straßenlaternen ein und legten ein Glänzen auf die Dämmerung. Auf dem Teppich war ein kleiner Brandfleck neben dem gekrümmten Rest eines Streichholzes.

David sah sich um. Die Wohnungstür stand noch offen. Von der Wand draußen war der Putz abgebröckelt, und das steinerne Gewebe der Ziegel entblößte sich; ein seltsam abstoßender Anblick. Er schlug die Tür zu, drehte zweimal den Schlüssel um und ließ die Kette einrasten. Er schaltete das Licht ein; die Dämmerung wurde zu flacher Dunkelheit. Er setzte sich auf das Bett.

Hatte sich die Tür bewegt? Nein, natürlich nicht, das war unmöglich. Oder – er war schon eingeschlafen. Er dachte nach und entschied, in merkwürdiger Klarheit, daß das der Fall sein, daß er bereits schlafen mußte. Denn jetzt ging die Tür, unbehindert von Schloß und Kette, auf. Und seine Schwester kam herein.

Er riß die Augen auf. Wirklich, er lag schon auf

dem Bett, in Kleidern, sogar mit Schuhen. Und die Tür war verschlossen, und die Deckenlampe strahlte gelb und fahl. Er schloß die Augen.

Die Tür war offen, und seine Schwester sah ihn an, sah zumindest in seine Richtung, denn ihre Augen fixierten nichts. Sie begann, mit beiden Händen Zeichen zu geben. Sie zeigte auf das Fenster und machte schnelle, kurze Handbewegungen. Sie schüttelte den Kopf.

Er öffnete die Augen. Er spürte sein Herz: ein schwacher, aber merklicher Schmerz. Er griff nach der Spraydose. Sie fühlte sich kalt an, und das hatte etwas Beruhigendes. Sein Blick wanderte durch das leere Zimmer. Er schloß die Augen.

Sie bewegte die Lippen. Bemühte sich, Laute hervorzubringen, aber es gelang nicht, war aus irgendeinem Grund nicht möglich. Sie hob ein Bein und balancierte auf dem anderen. Dann begann sie zu hüpfen, auf und ab, wie ein Kind, und das (plötzlich fiel es ihm ein) war sie doch auch; ein Kind mit durchschnittenem Hals, das ihm unbedingt etwas sagen wollte. Er sah noch, wie sie die Arme ausstreckte und ein Rad schlug, quer durch das Zimmer, von der offenen Tür zum Fenster; er wollte sich aufrichten, um sie besser zu sehen, aber das war ein Fehler: die Bewegung seines Körpers zerstörte etwas; seine Augen öffneten sich wie von selbst, und die Tür war verschlossen, und er war allein.

Dort, wo sein Herz war, spürte er einen stump

fen Druck, wie von einem schweren Gegenstand. Er führte die Spraydose zum Mund, drückte auf den Sprühknopf und atmete ein. Dann stand er auf.

Er nahm den Telefonhörer und wählte. Nach einigen Sekunden hob jemand ab. »Ja?«

»Katja, ich bin das. Entschuldige die Frage, sie wird dir vielleicht seltsam vorkommen! Warst du vorhin hier?«

»David, was soll das?«

»Bitte antworte! Ich hatte gerade einen Traum, und ich weiß nicht genau, wann er begonnen hat. Wir hatten ein seltsames Gespräch, du und ich, und ich habe ein paar Dinge gesagt ... Warst du hier?«

»Du solltest wirklich schlafen. Es ist ziemlich spät und ... Geh schlafen!«

»Warte!« rief er. »Ich will nur wissen ...«

»Gute Nacht!«

Sie hatte aufgelegt. Er stand eine Weile da und hörte dem Besetztzeichen zu. Auf dem Fußboden war nichts zu sehen: weder ein Streichholz, noch ein Fleck. Er streckte langsam die Hand aus, drückte auf die Gabel und wählte eine andere Nummer.

»Marcel«, sagte er, »es tut mir leid, aber das ist ein Notfall. Nimm dein Auto und komm her! Ich erkläre es dir unterwegs. Komm sofort her!«

XI

Die weißen Linien auf der Straßenmitte schnellten aus der Dunkelheit, dehnten sich, verschwanden unter der Motorhaube. Außer ihnen und den Pfosten rechts von der Straße und einer kleinen Fläche grauen Asphalts im Scheinwerferkegel und von Zeit zu Zeit den Lichtern eines anderen Autos war nichts zu sehen. Keine Sterne am Himmel; und die Bäume am Straßenrand verschmolzen zu einer Wand vorbeifliegender Schatten.

»Siebentausend«, sagte David.

»Was?«

»Der siebentausendste Pfosten. Sie haben immer dreiunddreißig Meter Abstand. Eigentlich dreiunddreißig Komma drei. Das heißt, daß wir etwas mehr als zweihundertdreißig Kilometer gefahren sind.«

»Bitte«, sagte Marcel, »halt den Mund!« Er hielt das Lenkrad mit drei Fingern der linken Hand fest. Seine Haare waren nicht gekämmt, zwei Knöpfe an seinem Hemd standen offen, sein Gesicht sah grau und unrasiert aus.

»Fahr nicht so schnell!« sagte David.

»So!« rief Marcel und trat auf die Bremse. »Jetzt reicht es! Du rufst mich mitten in der Nacht an und sagst, es geht um etwas Wichtiges und ich soll dich sofort abholen, weil du unbedingt jemanden besuchen mußt. Entweder du sagst mir sofort, was das soll, oder du gehst zu Fuß!« Er steuerte an den Straßenrand und hielt.

»Wir fahren«, sagte David langsam, »zu Boris Valentinov.«

Marcel schwieg. Er warf David einen langen Blick zu. Dann fuhr er wieder an. Die Pfosten neben ihnen setzten sich in Bewegung, wurden schneller, legten sich in eine, dann noch eine Kurve.

»Das ist dein Ernst«, sagte Marcel, »nicht wahr? Du meinst wirklich, daß dich jemand verfolgt?«

»Ja.«

»Und du erwartest, daß ich das glaube?«

»Ehrlich gesagt, das ist mir egal.«

Für eine Weile schwiegen sie. David hatte die Augen geschlossen und atmete gleichmäßig, als wäre er eingeschlafen. Marcel starrte auf die Straße.

»Daß Grauwald im Krankenhaus liegt«, sagte David plötzlich, »nur ein paar Stunden, nachdem ich mit ihm gesprochen habe, und daß er sterben wird, hältst du das für Zufall?«

»Sicher.«

»Und den Tankwagenunfall? Und den Toten im Park? Die auch?«

»Was soll das damit zu tun haben?«

Ein Auto kam ihnen entgegen, ohne abzublenden: Zwei Lichtkreise wuchsen, die Helligkeit nahm ihnen die Sicht; Marcel trat auf die Bremse; David schrie auf. Das Auto blendete ab, fuhr vorbei, verschwand im Dunkel des Rückspiegels.

»Ganz ruhig!« sagte Marcel. »Was ist denn mit deinen Nerven los? Dieser Valentinov, weiß er eigentlich, daß wir kommen? Hast du ihn angerufen?«

»Nein. Er würde nicht mit mir reden. Man kommt schwer an ihn heran.«

»Du willst ihn einfach überfallen?«

»Das muß ich. Ich muß ihn zwingen, mir zuzuhören. Wenn er mich versteht, dann wissen es schon zwei.« Er sah Marcel an, seine Augen glänzten schwach. »Und ihm würde man glauben.«

Über eine ansteigende Kurve kamen sie auf die Autobahn. Vor ihnen, ein paar hundert Meter entfernt, waren die Lichter eines anderen Autos. Marcel beschleunigte sofort.

»Ich habe einmal eine Geschichte geschrieben«, sagte er, »über einen Mann, der ständig angerufen wird. Und zwar von jemandem, den er nicht kennt und der auch nichts mit ihm zu tun hat und auch überhaupt nicht mit ihm reden will. Aber immer wieder ...«

»Du wolltest doch nicht mehr schreiben!«

»Nein.« Marcel zögerte. »Wollte ich nicht. Habe ich auch nicht. Ich habe es mir nur vorgestellt. Ich hätte es schreiben können. Vergiß es!« Er trat auf das Gaspedal; die Beschleunigung drückte sie in die Sitze. Neben ihnen richteten sich weiße Lärmschutzwände auf.

»Einen zweiten Teil von *Abenteuer*?«

»Unsinn! Der erste war schon zuviel. Zum Teufel, vergiß es!« Das Auto vor ihnen kam näher; Marcel blinkte, wechselte die Spur, überholte. Einen Moment lang tauchte neben David der Fahrer des anderen Autos auf; er war allein im Wagen, aber er bewegte die Lippen, als würde er mit ihnen sprechen. Dann waren sie schon vorbei.

»Seltsam«, sagte David. »Hast du gesehen ...?«

»Hör auf, alles auf dich zu beziehen! Und frag mich nie wieder nach dem zweiten Teil. Es wird ihn nicht geben. Dieser Ehrgeiz überall, dieser Kampf, dieser Gestank nach Ehrgeiz! Man sollte rechtzeitig aufgeben. Darauf kommt alles an: rechtzeitig aufzugeben. Du mit deiner Theorie! Selbst wenn sie stimmt, was soll das! Jemand setzt sich hin und grübelt zehn Jahre an irgend etwas, damit er einen Nobelpreis kriegt oder besser bei den Frauen ankommt. Ist dir schon aufgefallen, wie verlogen jedes Buch allein dadurch wird, daß jemand es *veröffentlicht* hat?«

Wieder ein Hubschrauber. Er sank, wuchs: näherte sich. Jetzt war schon das Rotorblatt zu sehen. Marcel bewegte kaum das Lenkrad. Die Autobahn war völlig gerade, es war kein anderes Auto zu sehen, nirgendwo.

»Würdest du bitte nicht einschlafen!« rief Marcel. »Sprich mit mir! Sonst schlafe ich ein. Hörst du?«

David antwortete nicht. Seine Brust hob und

senkte sich gleichmäßig. Marcel streckte eine Hand nach ihm aus, zögerte, zog die Hand zurück. Er schaltete das Radio ein: Aus den Lautsprechern flossen die leisen, schnellen Anschläge eines Klaviers. Marcel seufzte. Er sah auf die Autobahn, die Schutzwände, die Markierungen, die immer neuen Linien . . .

Auch David hörte die Musik. Er versuchte, ihr zu folgen, und irgendwie gelang ihm das, und sie blieb auf eine schwebende Art in seinem Schlaf gegenwärtig. Die Töne, das bemerkte er, standen in deutlich hörbaren Zahlenverhältnissen: manche waren miteinander verwandt, andere einander fremd, zwischen einigen bestand Abneigung, eine arithmetische Art von Feindschaft. Es schien die geordnete Zeit selbst zu sein, die (und das hatte auch mit den Pfosten zu tun, die irgendwo da draußen noch liefen und noch liefen und liefen) immer neu umspielt wurde; Verbindung von Zahl und Zeit; Akkorde, die verschwanden, aber sie kehrten wieder, kehrten alle wieder.

Und dann sah er sich ihr gegenüber. Wieder ihr. Sie blickte ihn an. Stand vor ihm, den Kopf leicht geneigt, ausdruckslos. Und David wußte, war gänzlich erfüllt von der Gewißheit, daß es keine Erinnerung war, keine Vorstellung, kein Zurückrufen ihrer blassen, schnell verschwundenen Erscheinung, wie es in Träumen üblich ist, sondern daß sie es wirklich war. Daß sie vor ihm stand, in ihrem echten, kindlichen, durch die Fremdheit eines anderen Daseins gegangenen Wesens. Jünger als er. Und doch kannte sie, was keiner kannte, was das Fremdeste war, was zu kennen ihr den Mund verschloß; denn es war undenkbar, daß sie zu ihm davon sprach. Und wenn sie es doch tat, mußte er es vergessen; und das hatte er auch, jede Nacht wieder, ein Leben lang. Woher kam die Klaviermusik? Er wollte auf sie zugehen. Die Luft schillerte um ihn, Farben glänzten auf, vermischten sich, erstarrten, als wollten sie ihn festhalten. Und hielten ihn. Er konnte sich ihr nicht nähern. Und die Akkorde und das Ticken der Uhr und die dahinlaufenden, dahinlaufenden Pfosten, aus der Nacht, in die Nacht. Sie sah so traurig aus. Es war kein guter Ort. Vielleicht war es bloß das, was sie ihm sagen wollte: Daß man dort nicht sein sollte. Und die Pfosten, und die Musik. Sie lächelte nicht. Und auf einmal wußte er, daß sie dort auf ihn wartete, die ganze Zeit, all die Jahre, und daß er bald schon ...

»So!« rief Marcel. »Wach auf!«

David blinzelte. Das Lenkrad, das Armaturenbrett, ein Aufkleber an der Scheibe. Der Geruch der Ledersitze. Er war wach.

»Wir sind da. Du hast fast zwei Stunden geschlafen! Übrigens eine Gemeinheit, nicht wahr?«

Sie parkten am Rand einer Straße, die schmutzig aussah, dunkel und groß zwischen riesigen Häusern, in denen nur noch ein paar Fenster erleuchtet waren. In der Ferne donnerte es. David sah auf die Uhr: Es war kurz nach drei. Er öffnete die Autotür und stieg aus.

Am Eingangstor waren eine Sprechanlage und ein Brett mit Klingelknöpfen. Neben dem obersten stand in schmaler Schrift *Valentinov.* David starrte das Schild an: Er wohnte hier. An diesem Ort, in Fleisch und Blut, in der Materie, wie jeder andere Mensch. David berührte den Kopf und überlegte einen Moment. Dann drückte er darauf.

Nichts geschah. Es donnerte wieder. David läutete noch einmal.

Es klickte; der Lautsprecher hatte sich eingeschaltet. Und dann sagte eine Stimme, erstaunlich gut zu verstehen, über einem elektrischen Summen: »Ja?«

»Könnte ich hinaufkommen? Mein Name ist Mahler. Ich muß zu Professor Valentinov.«

Der Lautsprecher summte. Sie sahen einander an. Der Lautsprecher summte. Marcel schob David weg und beugte sich zum Mikrofon: »Haben Sie ein Auto?«

»Was?«

»Können wir hinaufkommen? Es geht um Ihr Auto.«

Das Summen hörte auf. Und dann, mit einem Klicken, öffnete sich die Türverriegelung. »Siehst du«, sagte Marcel, »das geht immer.«

Der Aufzug mußte sehr alt sein. Die Tür schloß nicht richtig, und er bewegte sich langsam und, als müßte er immer wieder Kräfte sammeln, in kleinen, quietschenden Stößen. Die Kabine hielt, und sie traten hinaus. Es war das oberste Stockwerk, und es gab hier nur eine Tür.

»Wenn er aufmacht«, sagte Marcel, »dann sprichst du! Ich habe nichts damit zu tun. Wenn er die Polizei ruft, kenne ich dich nicht. Verstanden?«

Die Tür öffnete sich. Vor ihnen stand eine kleine, alte Frau in einem Kittel. Sie schien keinen Hals zu haben, ihr Kopf saß rund und faltig auf ihren Schultern. Ihre Füße waren nackt und steckten in braunen Sandalen.

»Ich möchte zu ihm«, sagte David.

»Er ist nicht hier.«

»Es ist wichtig!«

»Er ist nicht hier.«

Marcel trat vor. »Wir sollten das erklären. Frau Valentonov?«

»Ich bin die Haushälterin.«

»Wir müssen dringend, wirklich *dringend*, mit Professor Valentonov ...«

»Valentinov«, sagte David.

»... Professor Valentinov sprechen. Es geht um Ergebnisse, die sehr wichtig für ihn sind. Wenn er nicht hier ist, könnten Sie uns vielleicht die Telefonnummer geben, unter der ...«

»Nein«, sagte sie leise, »nein, nein. Nein.« Sie

wich zurück und wollte die Tür schließen. David stellte einen Fuß auf die Schwelle.

»Mach das nicht!« rief Marcel.

»Hören Sie!« sagte David. »Ich muß zu ihm! Es ist wichtiger, als Sie sich vorstellen können!«

Einen Augenblick lang sah sie mit offenem Mund, verständnislos, aber ohne Erstaunen, zu ihm auf. – »Gut«, sagte sie plötzlich. »Gut.« Sie ging langsam rückwärts in den Flur. David stieß die Tür auf und folgte ihr.

»Aber es steht doch in der Zeitung.«

»Was?«

»Er hält eine Rede. Bei ... Bei einem ... Kon ...«

»Einem Kongreß?«

»Ja, ja. Ein Kongreß.« Sie sah Marcel an. »Gehen Sie jetzt weg?«

»Noch nicht gleich«, sagte Marcel. »Wo ist dieser Kongreß?«

Sie starrte David an, dann Marcel, dann wieder David. Im Flur hing ein Spiegel über einem Tisch mit einem Telefon; neben dem Telefon lagen Zeitungen und verschlossene Briefkuverts, ungeöffnete Post. An der Wand gegenüber hing ein zweiter Spiegel in gleicher Größe, in dem gleichen metallisch glänzenden Rahmen.

»Wo?« wiederholte sie. »Wo? Wo?« Sie drehte sich um, ging zu dem Tisch und griff nach einer der Zeitungen. Als sie zwischen die Spiegel trat, wurde ihre Gestalt ins Unendliche vervielfacht: Tausende nebeneinander aufgereihte, uralte Frauen nahmen vor einem bleichen, gläsern farblosen Hintergrund Tausende Exemplare der gleichen Zeitung. Sie zögerte, als wollte sie den Moment verlängern; dann trat sie aus den Spiegeln, wurde wieder zu einer, einer einzigen, und ging auf David zu und streckte ihm die Zeitung hin. Er bemerkte, daß ihre Hand zitterte.

»Seite vier«, sagte sie.

David schlug die Zeitung auf. Am Rand von Seite vier war ein schmaler Artikel unter der Überschrift: *Technologiegespräche.* Er begann hastig zu lesen. *Persönlichkeiten aus Wissenschaft, Kultur, Politik und ... reden über die Zukunft von ... und die Probleme der ... Gäste: der Wissenschaftsminister; Ron Löbel, der berühmte Autor; der Präsident des Institutes für ... der Vorsitzende von ... als Eröffnungsredner Boris Valentinov, Träger des ... Die Eröffnung ist morgen mittag.*

»Komm!« sagte David. Er klemmte die Zeitung unter den Arm und ging hinaus. Die Haushälterin sah ihm nach.

»Haben Sie vielen Dank«, sagte Marcel, »es ist wirklich sehr wichtig.«

»Gehen Sie jetzt?«

»Natürlich.« Marcel trat auf den Gang hinaus. »Sagen Sie bitte: Wie sieht er aus?«

»Wer?«

»Professor Valentinov.«

Sie strich sich über ihre Brust, zog ihren Kittel zurecht. »Ich weiß nicht.«

»Sie müssen ihn doch kennen.«

»Ich bin noch nicht lange hier.«

»Aber Sie haben ihn doch schon gesehen!«

»Ich weiß nicht«, murmelte sie, »ich weiß nicht.« Sie warf Marcel einen erschrockenen Blick zu und schlug die Tür zu. Ihre Schritte entfernten sich, ein leiser werdendes Schlurfen. Marcel blieb stehen und starrte auf die geschlossene Tür. Er hob die Hand, um noch einmal zu klopfen, dann ließ er sie wieder sinken. Er schüttelte den Kopf, sah den Lift an, entschied sich für die Treppe.

Das Treppenhaus war aus grauem Marmor und völlig sauber, und Marcels Schritte hatten einen dunkel hallenden Klang, und alle Stockwerke sahen gleich aus. Als er auf die Straße kam, wartete David schon neben dem Auto. Es donnerte wieder.

»Du glaubst doch nicht«, sagte Marcel, »daß ich dich jetzt zu diesem Kongreß bringe?«

»Doch.«

»Mein Gott, du bist *wirklich* wahnsinnig! Es ist halb vier! Weißt du überhaupt ...«

»Dafür haben wir keine Zeit!«

»Mach gefälligst selbst den Führerschein«, schrie Marcel, »oder kauf dir eine Fahrkarte! Ich denke nicht daran! Du kannst nach Hause mitkommen, oder du kannst hierbleiben!«

Er setzte sich ins Auto. David stand auf dem Bürgersteig und rührte sich nicht.

»Zum Teufel, steig ein!«

David schüttelte den Kopf.

»Gut«, sagte Marcel, »wie du willst. Bitte sehr. Wie du willst!« Er schlug die Tür zu und drehte den Zündschlüssel um. Mit einem hustenden Geräusch sprang der Motor an. Das Auto fuhr los, entfernte sich, verschwand.

David stand regungslos. Es donnerte wieder. Der Himmel war schwarz und bedeckt von hohen Wolken. Die Laternen über der Straße schwankten im Wind; durch die Pfützen glitten gelbe Lichtreflexe. An einer Hauswand hingen Plakate, wieder Plakate, die gleichen wie dort, wo er herkam, es waren im ganzen Land die gleichen Gesichter, die riesig von allen Wänden blickten. Eine Frau hielt eine Flasche Limonade in der Hand, ihre Fingernägel, dunkelrot lackiert, glänzten durch das Dunkel, und über dem Hals der Flasche, lächelnd, trafen ihre Augen die Augen Davids. Eine Libelle tauchte im Licht einer Laterne auf; war schon verschwunden. David stand regungslos.

Ein Motor wurde lauter; ein Auto näherte sich im Rückwärtsgang. Und hielt. Ein Fenster wurde heruntergekurbelt.

»Steig ein!«

David sah nicht hin. Ein Donnerschlag grollte über den Dächern, jetzt schon sehr laut.

»Steig schon ein, du Idiot! Sei froh, daß ich zurückgekommen bin!«

David öffnete die Tür und setzte sich ins Auto. Marcel fuhr schweigend an.

Die Straße führte zu einer anderen, zu noch einer anderen; das Donnern war jetzt sehr laut und kam in kürzeren Abständen. Neben der Straße glänzten Leuchtschriften; über dem Eingang eines Hauses versuchte eine nackte, aus rötlichem Licht geformte Frau, ihre Beine zu bewegen; aber einige der Glühbirnen waren beschädigt, und sie brachte nur ein flackerndes Zucken zustande. Aus einem Gasthaus traten Menschen; als sie auf die Straße kamen, hörten sie auf zu lachen und blickten in den Himmel. Nun waren es schon weniger Häuser. Ein Schild wies zur Autobahn.

»Du hast Glück«, sagte Marcel.

»Wieso?«

Marcel deutete auf die Scheibe. Es regnete. Die Scheibenwischer flogen hin und her, über das Glas zog ein Film von Wasser, auf der Straße vor ihnen sprangen winzige Kreise, immer mehr davon und mehr, auf und ab.

»Ach so«, sagte David, »ja. Danke!«

»Schon gut. Jetzt schlaf wieder ein.«

Die Häuser wurden größer und weniger, noch ein paar Fabrikhallen, die ihre schwarzen Schlote in den Himmel streckten, dann waren sie wieder auf der Autobahn. Marcel trat auf das Gaspedal, der Motor heulte auf. Die Bäume rechts und links wurden zu einem Geflecht von Ästen, kaum noch unterscheidbar.

Ein Riß lief durch den Himmel. Scharf und gezackt. Der erste Blitz.

Ein Welle von Donner rollte ihnen entgegen, brach sich, verebbte. Und noch ein Blitz, und noch einer, und der Donner wurde lauter, sie bewegten sich darauf zu. An einer Stromleitung tanzten bläuliche Funken entlang. Der nächste Blitz war noch greller, für einen Augenblick waren sie ganz umgeben von Licht.

»Zum Teufel«, sagte Marcel leise, »so nah war ich noch nie dran!«

Die Blitze schlugen jetzt nacheinander ein, fast ohne Pause, zu beiden Seiten der Autobahn. Und es schien auch kein Donner mehr zu sein, sondern ein ständiges, nicht mehr abbrechendes Dröhnen; der Lärm kam von überall, war überall, erfüllte die Luft. Marcel umklammerte das Lenkrad, David preßte sein Gesicht an die Scheibe. Die Blitze standen rechts und links von ihnen, streckten sich in den Himmel, bewegt wie Lebewesen, vom Erdboden in die aufgeladene Nacht.

»Vielleicht«, sagte Marcel, »sollten wir ...«

Das Krachen traf sie wie ein ungeheurer Schlag. Weiße Flammen liefen über das Fahrzeug, die Helligkeit brannte in ihren Augen, Marcel schrie auf. Die Straße glitt davon, drehte sich einmal, ein zweites Mal, um sich selbst; Funken umsprühten sie, überall, wohin sie sahen; dann kam die Straße zum Stehen, und der Lärm war vorbei, und das Gleißen auch. Die Straße war leer. Und die Dunkelheit umschloß sie.

Eine Weile saßen sie da, ohne zu sprechen. Ohne sich zu rühren. Mit der Straße stimmte etwas nicht; als wäre die Perspektive verschoben. Das Auto stand gegen die Fahrtrichtung gedreht.

Jetzt waren es schon wieder einzelne Donnerschläge. Und die Blitze wurden weniger, schwächer, bewegten sich in Richtung der Stadt davon.

Marcel hob seine Hand. Sie zitterte stark. Er griff nach dem Zündschlüssel, griff daneben, tastete, fand ihn. Zog die Hand wieder zurück. Es war nicht nötig: der Motor lief noch. Marcel trat auf das Gaspedal. Ganz langsam setzten sie sich in Bewegung. Er begann, das Fahrzeug zu wenden. Kein anderes Auto war zu sehen, die Straße war immer noch leer. Als wären sie die einzigen Menschen der Welt.

»Das war ...« flüsterte Marcel. »Das war ein ... Ich habe noch nie ...«

»Ein elektrisches Feld ...« David mußte husten; er rieb sich die Augen »Ein Feld kann nicht eindringen in ... einen von einem Leiter umschlossenen Raum. So ist das. Immer.«

Marcel sah ihn an. »Ist das wirklich alles, was dir jetzt einfällt?«

Hinter ihnen war noch der Donner zu hören, aber schon gedämpft und fast harmlos, und von Zeit zu Zeit flackerten noch einzelne Blitze im Rückspiegel. Marcel schaltete und schaltete noch einmal, die Nadel in der Anzeige stieg, und sie erreichten ihre normale Geschwindigkeit.

»Es funktioniert noch«, sagte Marcel leise. »Alles.«

»Natürlich.«

»Bist du einverstanden, wenn wir . . . Wenn wir diese Nacht einfach vergessen? Alles, was seit gestern passiert ist? Wir fahren zu deinem Kongreß, aber wir reden nicht mehr davon. Gut?«

David nickte.

»Dann tu mir noch einen Gefallen.«

»Ja?«

»Ich weiß, das wird nicht leicht sein. Und es ist auch nicht höflich von mir. Aber ich kann jetzt einfach nicht mehr mit dir reden. Ich kann nicht. Bitte schlaf wieder ein!«

XII

Das Dorf bestand aus alten Häusern und einigen neu gebauten, gläsernen Hotels. Es lag neben einem See, in einem Becken aus zerklüfteten Bergen, deren höchster einen pyramidenförmig spitzen Gletscher hatte. Eine Felswand reflektierte die Sonnenwärme und machte es möglich, daß am Seeufer Tropenpflanzen wuchsen, gesetzt und gepflegt von einem extra dafür angestellten Gärtner, und daß dort Möwen lebten und auch zwei Schwäne, fett vom Vogelfutter der Urlauber. Das Dorf hatte eine alte Kirche und einige Geschäfte und einen Fremdenverkehrsverein, der oft Veranstaltungen organisierte, über welche die Zeitungen berichteten und manchmal sogar das lokale Fernsehen. So auch heute: Vor dem größten Hotel stand unübersehbar ein Übertragungswagen. Die Straße lief von hier aus vorbei an zwei kleineren Hotels und der Kirche (umschnürt von einem Baugerüst und fast unsichtbar), bog um einen vorspringenden Felsen, schlängelte sich in Windungen dem Paß zu, von dem sich, funkelnd in der Sonne, ein Fahrzeug herab bewegte.

»Schön, nicht?« Marcel seufzte. »Schade, daß ich keine Ferien habe und jetzt im Büro sein müßte. Und daß ich kein Frühstück hatte und nicht einmal rasiert bin und ... Ach Gott!« Er seufzte und schwieg. Seine Augen waren dunkel umrandet, er sah blaß und müde aus.

»Das mit dem Blitz«, sagte David, »sollte dich nicht wundern. Es ist bloß unwahrscheinlich, aber nicht einmal so sehr, wenn man mitten durch ein Gewitter fährt. Glaub mir, es gibt viel ungewöhnlichere ...«

»Ich dachte, wir hätten eine Abmachung!«

David mußte sich eine Hand vor die Augen halten; das große Gebäude mit seinen vielen Fenstern spiegelte die Sonne so stark, daß man kaum hinsehen konnte: ein Viereck blendender Helligkeit am Rand des von Lichtreflexen überzogenen Sees. Sie passierten eine Serpentine nach der anderen; das Dorf war abwechselnd rechts und links von ihnen; das Hotel kam näher und wuchs.

»Was hast du eigentlich vor? Willst du hineinlaufen, ihn aus der Konferenz ziehen und ihn zwingen, dich anzuhören?«

»Ja«, sagte David, »genau das.« Seine Augen schienen größer als sonst, sie sahen feucht aus und hatten einen merkwürdigen Glanz. Eine Ortstafel schnellte vorbei. Und dann fuhren sie schon an Häusern vorüber (auf einem Balkon lag eine fast nackte Frau, auf einem anderen saß eine Familie um einen Tisch, auf einem dritten aß ein Mann einen Apfel). Für einen Moment war rechts von ihnen der gepflasterte Uferweg zu sehen, auf dem gerade ein Kind mit seinem Fahrrad umkippte, das

Gesicht verzerrte, zu weinen begann. Marcel parkte hinter dem Übertragungswagen.

»So!« sagte er. »Viel Glück!«

David nickte und stieg aus. Warme Luft schlug ihm entgegen. Sein Herz machte einen falschen, nicht in den Rhythmus passenden Schlag. Er griff sich an die Brust und horchte: Nein, es schlug normal. Er sah auf. Das Hotel: ein Turm, in dem sich Berge, Himmel und See verdoppelten. Zwei Glastüren teilten sich summend, und er stand in der Halle.

Auf dem Boden war ein Teppich mit einem komplizierten, vielfarbigen Muster; hinter dem Rezeptionstisch saß ein Mann und las in einer Zeitung. Einen Moment lang nahm das Teppichmuster Davids Aufmerksamkeit gefangen, dann durchschaute er es (im Grunde war es simpel), vergaß es, ging auf die Rezeption zu.

»Wo ist der Kongreß?«

»Kongreß«, wiederholte der Mann, ohne aufzusehen. »Kongreß?«

David nahm ihm die Zeitung aus der Hand, schlug Seite vier auf und zeigte stumm auf den Artikel. Der Mann griff danach, schloß ein Auge und leckte sich die Lippen.

»Ja«, sagte er dann, »so. Das Kolloquium. Durch die Halle, dann die große Tür.«

David wandte sich ab und ging. Am Ende der Halle waren zwei Türen. Er öffnete die rechte. Ein Schwall feuchtwarmer Chlorluft; weiße Kacheln;

eine Decke voll tanzender Lichtpunkte; ein blaues Viereck von Wasser; darin ein dicker, schnaufender Mann mit Glatze. Das Schwimmbad. David schlug die Tür zu und öffnete die andere.

Er mußte blinzeln. Der Raum war überraschend klein. Seine hintere Wand war vollständig aus Glas; genau über dem Gletscher stand eine riesige Sonne und überstrahlte alles; für einen Moment war David fast blind. Dann konnte er wieder Umrisse erkennen. Ein Pult mit einem Mikrofon, davor Stühle, acht oder neun Reihen, voll Menschen; viel weniger, als er erwartet hatte. Hinter dem Pult stand ein Mann. Wieder ein falscher Herzschlag: alles schien einen winzigen Sprung zu machen.

»Entschuldigung!«

Der Mann sah ihn an. Die Leute in den Sitzreihen begannen zu murmeln. Jemand stand auf.

»Ich muß Sie sprechen!« David rieb sich die Augen, aber es half nicht. Er sah nur eine hell umrahmte Gestalt im Gegenlicht.

»Ja, bitte?«

David ging auf das Fenster zu, hinter dem sich die Silhouetten der Berge abzeichneten, das Weiß des Gletschers, das Dunkelblau des Sees, und drehte sich um und betrachtete den Mann im klaren, direkten Licht: Ja, er kannte dieses Gesicht! Es war rund und bartlos und hatte breite Wangen und graue Haare und blinzelte ihn an – und es war sicher nicht das Gesicht Valentinovs.

»Was möchten Sie?«

Noch ein falscher Herzschlag, sie kamen jetzt häufiger. Wieso kannte er diesen Mann, das war doch ... Dann fiel es ihm ein.

»Wo ist Valentinov?«

»Vor einer halben Stunde gegangen«, sagte der Wissenschaftsminister. »Also, was gibt es?«

Jemand in der ersten Reihe war aufgestanden und kam auf David zu, den Kopf gesenkt, die Hände gefaltet, offenbar der Veranstalter. »Mein Herr«, sagte er leise, »würden Sie *bitte* ...«

In der Ecke, vom Fenster abgewandt, gerichtet auf das Rednerpult, stand eine Fernsehkamera; dahinter bückte sich ein Mann und blickte durch das Okular. Ja natürlich, dort war der Wissenschaftsminister, und seine Rede wurde ausgestrahlt, auf einem Regionalprogramm, aber unzählige Apparate konnten es empfangen, und irgend jemand würde alles verstehen, es sich merken, vielleicht nur ein einziger. David trat vor, an das Pult.

»Ich muß etwas sagen. Zu Ihnen ... allen.« Ihm war schwindlig, der Fußboden schien schwach zu beben, er mußte sich am Pult festhalten.

Doch seine Augen hatten sich an die Helligkeit gewöhnt. Die Menschen vor ihm starrten ihn an, einige waren aufgestanden, eine Frau schüttelte den Kopf und atmete schwer. »Bitte«, murmelte der Veranstalter, »würden Sie *bitte* ...!« Der Minister trat einen Schritt vor, streckte einen Arm nach ihm aus, trat wieder zurück; sein Gesicht hatte rote Flecken bekommen. In der Tür stand Marcel und gab irgendwelche Zeichen; daneben lehnte lächelnd der Mann aus der Rezeption. Aber die Kamera lief, und sie war auf ihn gerichtet.

»Wir hätten das schon längst finden können. Wir sind getäuscht worden, oder ... Oder haben uns getäuscht. Wahrscheinlich haben es schon andere gefunden, aber ... sie wurden rechtzeitig ... Ich habe etwas entdeckt.«

Er spürte, wie sich Augen auf ihn richteten, nicht nur die der Menschen im Saal, sondern sehr viele mehr; er spürte, wie jedes seiner Worte hinausgeschickt und vervielfacht wurde; er spürte, wie das Wesen, das sich auf ihn zu bewegte, schneller wurde, jetzt hatte es ihn gesehen, und es gab kein Versteck mehr, und gleich würde es hier sein, gleich ... Er sprach weiter. Er sah, wie die Blicke der Menschen sich veränderten, als er mit den Zahlen anfing, die Frau schüttelte ihren Kopf heftiger, der Mann neben ihr grinste gequält, der Minister winkte jemanden heran, Marcel hatte die Hände vor sein Gesicht gelegt. Der Veranstalter zog David am Ärmel; aber er hielt sich am Pult fest und sprach, so schnell er konnte, so laut er konnte, um den anschwellenden Lärm zu übertönen. Sein linker Arm fühlte sich taub an, seine Finger spürten das Holz des Pultes nicht mehr. Er schloß die Augen. Die Dunkelheit schien schwach zu leuchten. Er beugte sich näher zum Mikrofon. Eine Hand legte sich auf seine Schulter, er klammerte sich an das Pult.

»Es sind zunächst vier Formeln«, schrie er. »Eine folgt aus der anderen, am wichtigsten ist die vierte. Die Variablen habe ich gerade definiert ...« Der Griff um seine Schulter wurde fester, der Veranstalter rief etwas, irgendwo lachte jemand. Er hielt sich am Pult fest, mit beiden Händen, er hoffte wenigstens, daß es beide waren, denn die linke spürte er nicht mehr, und er wußte nicht genau, ob sie ihm gehorchte. Für einen Moment nahm ein Hustenanfall ihm den Atem. Seine Stimme war heiser, aber sie versagte noch nicht. Er begann mit der ersten Formel.

XIII

Und spürte, wie etwas auf ihn zu raste, schneller noch als vorhin, schneller als jemals, beschleunigt durch ihn selbst, durch die Gefahr dessen, was er aussprach, was noch niemals ausgesprochen worden war, in allen Jahrhunderten nicht, was niemals ausgesprochen werden durfte, in aller Zukunft.

Er hörte sich reden. Spürte, wie seine Worte umgewandelt und davongetragen wurden. Transportiert von einem den Planeten umspannenden Feld. Wie sie als elektrische Emissionen die Atmosphäre füllten, weithin hallend, in knisternder Verschlüsselung, aufgefangen von den Antennenwäldern der Städte. Das alles geschah jetzt, genau jetzt, so schnell, daß die Zeit selbst überlistet wurde.

Die erste Gleichung. Er fühlte die Bewegung dessen, was auf ihn zukam, die Straße entlang, über die er gefahren war: Die Bäume wurden zu einem verschmierten Grün. Die Gebäude verschmolzen mit dem Erdboden, die Wolken zu einem Gemisch von Blau und Weiß. Er sah es ganz deutlich.

Die zweite Gleichung.

Das Land war jetzt nur mehr ein Flimmern, die Sonne verfärbte sich ins Violette, alles zerging in Geschwindigkeit. Von irgendwo hörte er Rufe, spürte, wie Hände nach ihm griffen und ihn wegzerren wollten, aber das war nicht wichtig, nicht jetzt, nur noch ein Versuch ihn zu täuschen, nicht mehr. Die zweite Gleichung.

Ein Vibrieren ging durch den Raum, breitete sich aus, in wachsenden Kreisen, wie Wellen auf Wasser, von dem Ort, an dem er stand und sprach. Für einen Augenblick sah er sich neben sich stehen; umflammt von Sonnenstrahlen, und das war schwindelerregend und abstoßend, ihm war, als ob ein Strudel sich öffnete, ein saugender, lebendiger Abgrund ... Die Kreise weiteten sich, schon lief ein Zittern durch die näheren Sternbilder; irgendwo wurde die Explosion einer Gaswolke ungeschehen, und ein Planet einer namenlosen Sonne lief rückwärts auf seiner Bahn. Die Zeit verschwamm. Er mußte zu Ende kommen.

Denn es näherte sich. Er hatte sich nun gezeigt, er konnte nicht mehr entkommen. Was immer ihn verfolgte, gleich würde es hier sein. Gleich. Er mußte es aussprechen. Er mußte sofort alles aussprechen.

XIV

Sie zogen ihn weg, einer von rechts, einer von links, jemand drehte ihm einen Arm auf den Rücken; aber er klammerte sich mit dem anderen Arm ans Pult und brachte die zweite Formel zu Ende. Dann lösten sich seine Finger. Noch folgte ihm die Kamera, und er begann mit der dritten, er schrie, so laut er konnte, um den größer werdenden Abstand zum Mikrofon zu überwinden. Der Minister nickte, trat wieder ans Pult und begann zu sprechen. David brüllte weiter, der Raum bewegte sich an ihm vorbei, der Fußboden schlug gegen seine Fersen, die Sonne strahlte noch heller, ließ die ganze riesige Glasscheibe aufleuchten. Immer noch war die Kamera auf ihn gerichtet, immer noch, – aber jetzt schwenkte sie zurück, zum Pult, zum Minister. »Nein!« schrie David. »Sie müssen mir zu...« Einer der Männer, die ihn festhielten, legte ihm die Hand auf den Mund; für einen Moment sah er noch die ärgerlichen, verständnislosen Blicke der Sitzenden, dann wurde er hinausgezerrt, und dann fiel die Tür vor ihm zu.

Ihre Griffe lockerten sich. Es waren zwei eher gutmütig aussehende Männer, einer davon in einer Livree, offenbar Angestellte des Hotels. Sie führten ihn durch die Halle, an der Rezeption vorbei, auf den Ausgang zu. Er wehrte sich nicht mehr.

»Wohin bringen Sie ihn?« hörte er Marcel fragen.

»Ich glaube«, sagte einer von ihnen, »wir sollten die Polizei . . .«

»Aber ich bitte Sie«, sagte eine andere Stimme, »das ist doch nicht nötig! Dieser Mann ist völlig harmlos. Er ist bloß verrückt.« David versuchte sich umzudrehen, aber er brachte es nicht fertig, sie hielten ihn zu fest. »Lassen Sie's doch! Werfen Sie ihn einfach hinaus.«

Die beiden zögerten, dann stießen sie ihn auf die Straße. David taumelte hinaus, in die Hitze.

»Hier kommen Sie nie wieder rein. Verstanden?«

»Er hat verstanden«, sagte die Stimme. »Keine Sorge!« Die beiden nickten und verschwanden im Hotel. David drehte sich um. Hinter ihm stand der Mann aus der Rezeption. Er lächelte. »Das war ein guter Versuch. Wirklich sehr gut!« Er kam David bekannt vor. Er hatte gelbliche Zähne und eine Zahnlücke ganz vorne. Sein Schatten lag schmal auf dem Boden.

»Komm!« sagte Marcel. »Wir fahren heim. Und Ihnen vielen Dank, das war sehr freundlich!« Er griff in die Tasche.

»Nein, ich bitte Sie! Nicht von Ihnen. Nicht dafür. Deswegen bin ich doch hier.« Er sah David an. »Sie wollen schon fahren?«

David nickte.

»Ein berühmter Mann sind Sie jedenfalls geworden! Ein netter Auftritt. Gab es sonst nichts, das Sie hier tun wollten?«

»Ich wollte jemanden treffen, Valentinov, aber der ist schon ...«

»Ja, er ist eben abgereist. Ich habe selbst für ihn reserviert. Sein Zug geht in einer halben Stunde.«

»Mein Gott!« rief David. »Wo ist der Bahnhof?«

Der Mann hob langsam seine linke Hand, streckte den Zeigefinger aus und wies auf ein Gebäude über dem Seeufer.

»Woher kennen wir uns?« fragte David.

»Ich kenne viele Leute.«

Ihre Blicke trafen sich. David öffnete den Mund, zögerte, schloß ihn wieder. Dann drehte er sich um und lief los. Er versuchte jedenfalls zu laufen, aber seine Beine gehorchten kaum, und seine linke Hand war vollständig gefühllos. Die Luft war warm und zäh wie eine Flüssigkeit. In seiner Brust schmerzte etwas.

Marcel holte ihn ein. »Du hast dich doch schon genug zum Idioten gemacht, oder? Was soll das? Was hast du jetzt wieder vor?«

»Lauf voraus«, keuchte David, »zum Bahnhof!«

»Du mußt zu einem Arzt, du siehst furchtbar aus!«

»Tu was ich sage!«

»Ich weiß nicht einmal, wie Valentinov ...«

»Er ist klein und hat eine Brille und einen Bart. Lauf schon!«

Marcel schüttelte den Kopf, begegnete Davids Blick und – begann zu rennen. Und entfernte sich in die Richtung des Bahnhofes. Die Sonne schien größer geworden, sie war jetzt so hell, daß man nicht mehr klar sehen konnte. Der Schweiß lief David über das Gesicht. Die Schmerzen in seiner Brust wurden in rhythmischen Abständen stärker und schwächer, stärker und wieder schwächer. Er holte die Spraydose aus der Tasche, führte sie zum Mund, atmete ein – es half nicht. Er drückte noch einmal auf den Sprühknopf. Aber es half nicht. Er schleuderte die Dose von sich; mit einem hellen Metallgeräusch prallte sie auf und rollte davon.

Und er ging und ging, aber er kam sehr langsam voran. Es war, als ob die Luft selbst ihn aufhielt oder der Boden ihn stärker anzog oder die Hitze sich an ihn heftete und es ihm schwerer machte, sich zu bewegen. Sein Herz trommelte, sein Atem ging in kurzen Stößen. Die Schmerzen wurden stärker. Er ging jetzt an Geschäften vorbei; in den Auslagen waren Halsketten, Spazierstöcke, Uhren, wieder Halsketten. Menschen standen davor und starrten hinein, ein Kind schob ein Fahrrad vorbei. Vom Asphalt stieg Wärme auf, am Himmel stand keine einzige Wolke. Wieder ein Fenster mit Uhren: ein Dutzend runder, tickender Geräte; all diese Zeiger; die hüpfenden Bewegungen, mit denen sie den Sekunden folgten, das große Wettrennen. David stöhnte, eine Frau sah sich verwundert nach ihm um. Ging es nicht schneller? Es ging nicht schneller. Er stemmte sich gegen die Hitze, gegen seine Langsamkeit, gegen das Gewicht seines Körpers, die Schmerzen. Der Bahnhof kam näher.

Die Sonne schien jetzt größer. Auf den Hauswänden flackerte der Widerschein des Sees. Ein Mähdrescher fuhr vorbei, David stolperte zur Seite, und für einen Moment umhüllte ihn der betäubend starke Geruch von frischem Gras. Weiter.

Um eine und um noch eine Kurve, der Straße nach. Vor einem Kaffeehaus saßen Leute an weiß glänzenden Tischen, redeten, klapperten mit Geschirr, hoben und senkten Tassen. Er versuchte die Luft anzuhalten, weil das Atmen so weh tat, aber lange konnte er das nicht, und er bekam einen Hustenanfall. Er hatte Durst.

Da war schon der Bahnhof. Drei Stufen führten in eine leere Halle. Zwei Schalter, ein Geschäft mit Zigaretten und Zeitungen. Er trat auf den Bahnsteig.

»Da bist du ja!« Marcel saß auf einer Bank, die Beine übereinandergeschlagen, eine Zigarette im Mund. »Die Frau am Schalter sagt, daß jemand, der aussah wie Valentinov, sie gefragt hat, wann sein Zug geht und ob er noch Zeit für einen Spaziergang am See hat. Diese kleinen Dörfer sind praktisch, wir müssen nur warten, bis er zurückkommt. Setz dich hin, du siehst schrecklich aus!«

David lehnte sich an die Wand. Sie fühlte sich weich an, fast nachgiebig. Er sah den Schienen nach: zwei Geraden, die funkelnd aufeinander zuliefen und, bevor sie sich treffen konnten, in der schwarzen Mündung eines Tunnels verschwanden. Er brauchte ein paar Sekunden, dann konnte er wieder sprechen.

»Nein, wir warten nicht. Wir haben keine ...« Er unterdrückte einen Aufschrei, ein plötzlicher Stich in seinem Herzen nahm ihm die Luft. Er drehte sich um und ging durch die Halle, wieder hinaus. Marcel warf die Zigarette weg und lief ihm nach.

Von der Straße führte eine schmale Treppe zum Ufer. David hielt sich am Geländer fest und stieg vorsichtig hinunter, Schritt für Schritt, Stufe für Stufe. »Du wirst nach links gehen, ich nach rechts. Wenn du ihn siehst, rufst du mich!«

»Das ist doch Unsinn! Wir warten hier! Warum sollte ich das tun?«

David blieb stehen. Vor ihm streckte sich der See aus. Das blitzende, lichtgestreifte Blau. Das Geräusch der an den Stein schlagenden Wellen. Er breitete die Arme aus, spürte die vom Wasser kommende Kühle, atmete tief ein, jetzt konnte er es wieder.

»Weil«, sagte er, »ich dich darum bitte. Und weil du mir glaubst.«

»Ich glaube kein Wort.« Marcel hob beide

Hände und ließ sie fallen; dann drehte er sich um und ging los. David blickte ihm nach, aber nach ein paar Sekunden konnte er ihn schon nicht mehr sehen; er schien in der Helligkeit verschwunden.

Der Weg war gerade und gut gepflastert. Links lag der See, rechts standen Palmen und vielfarbige, fremde Blumen, die alle nicht hierher gehörten. Eine Orchidee schwankte hektisch im Wind. Er hatte die Sonne noch nie so groß gesehen. Die Berge waren nur mehr Umrisse, die Blüten schienen sich ihm entgegen zu recken. Eine Pflanze hatte Dornen und lange, dürre Blätter, die zitterten wie etwas Lebendiges; ihr Anblick weckte eine unbestimmte Erinnerung, aber bevor er sich darüber klarwerden konnte, war er schon vorbei. Ein Kind auf einem Fahrrad überholte ihn. Eine Frau blieb stehen und streckte den Zeigefinger aus. »Sie!« rief sie. »Eben im Fernsehen! Ja?« – »Ja«, sagte er und stolperte weiter. Ihm war, als ob er sich durch warmen Nebel bewegte. Nun tat schon jeder Atemzug weh. Bloß der See war beruhigend, seine eisige Helle, und daß man sich hineinwerfen konnte und daß sie einen aufnehmen würde und fest und sicher umgeben, jederzeit und für immer.

Vielleicht würde keiner mehr finden, was er gefunden hatte; vielleicht war das die einzige Möglichkeit, und niemand sonst würde es jemals wissen. Doch wenn es (er fühlte einen so starken Stich in seiner linken Brust, daß er fast hingefallen wäre, aber er durfte nicht hinfallen, denn dann, das war ihm klar, würde er nicht mehr aufstehen) – wenn es tatsächlich ein Irrtum war? Er hielt die rechte Hand über seine Augen: Das half ein wenig, und er erkannte wieder den Weg und wohin er gehen mußte; der Schweiß lief ihm über das Gesicht, sein Hemd klebte, er schüttelte die linke Hand, aber er spürte sie nicht. Gut, wenn es ein Irrtum war – warum wurde er dann getötet?

Ihm fielen die Steine ein, die immer hinunter fallenden, und wie seltsam er es gefunden hatte, daß sie nicht aufstiegen; das Geheimnis der Schwere und all der Regeln, an die jedes Ding sich hielt; wieso hatten sie ihm stets angst gemacht ...? Eine Welle, höher als die anderen, überspülte den Stein vor seinen Füßen, verdunstete in Sekunden. Er richtete sich auf. Gegen den Schmerz und die Müdigkeit, gegen die Last seines Körpers. Neben einer Palme stand wieder eine der Pflanzen mit den dürren Blättern; einen Moment lang zeigte sich seinem Gedächtnis ein blau glänzender Raum, früh morgens, gefärbt von der Angst nach einem Alptraum, aber dann entglitt ihm das Bild, noch bevor er es erkannt hatte.

Er würde nicht mehr lange gehen können. Das spürte er. Der Weg schien jetzt uneben, immer wieder aufgewölbt. Zwei Möwen landeten auf dem Wasser. Nirgendwo war Schatten. Der Gletscher spiegelte sich im See. Ein Gärtner mit einem Strohhut stocherte neben dem Weg in der Erde. Vom Dach eines Hotels wehte eine gelbe Fahne. Eine Ente sprang platschend ins Wasser, schrie auf und paddelte davon. In der Helligkeit vor ihm zeichnete sich ein Umriß ab und wurde deutlicher: Ein Mann kam ihm entgegen, die Hände in den Taschen, den Kopf in den Nacken gelegt. Er hatte einen spitzen Bart und eine spiegelnde Brille, zwei runde Gläser, vom Wasser blau gefärbt. Boris Valentinov.

David stieß einen Schrei aus, der Gärtner sah auf. Seine Schritte beschleunigten sich, jetzt fiel es ihm leicht. Er streckte die Arme aus und begann zu laufen. Sein Puls ging schnell vor Aufregung. Noch hundert, nein: hundertsiebzehn (er sah es genau) Schritte entfernt, bei dieser Geschwindigkeit. Die Ente tauchte unter und zerstörte das Spiegelbild des Gletschers. Noch fünfundsiebzig Schritte. Das Spiegelbild formte sich von neuem. Valentinov blieb stehen. Fünfundsechzig Schritte.

Da schoß etwas auf ihn zu. Aus dem Himmel, mitten aus der blauen Wölbung; raste heran; er spürte es am ganzen Körper. Sechzig Schritte.

Und schlug lautlos vor ihm auf. Ein Zittern lief durch den Boden, eine Welle hob sich und brach an der Steinkante, die Fahne blähte sich und riß knatternd an ihrem Mast. Für einen Augenblick schien es Funken zu regnen, blitzende Punkte aus Feuer.

David blieb stehen. Er konnte nicht weiter, keinen Schritt mehr in diese Richtung. Auf die Gestalt zu: Er sah sie deutlich, aber ihre Umrisse veränderten sich, und er konnte sie noch nicht erkennen. Durch sie hindurch sah er Valentinov langsam und lächelnd weitergehen. Auch das Kind mit dem Fahrrad hatte gewendet und kam wieder zurück. Da wurden die Umrisse fest und die Gestalt sichtbar, in allen Details, vollständig sichtbar. David sah sie an. Er fühlte keine Angst mehr, auch keinen Schmerz, nicht einmal Müdigkeit. Es war soweit. Sie hatten ihn gefunden.

XV

Als ob etwas in seiner Brust explodierte. Der Schmerz raste durch ihn, erfüllte ihn, erfüllte alles, erfüllte die Welt und – war vorbei. Er fiel.

Er ging in die Knie. Seine Arme hatten sich ausgebreitet. Die Konturen der Gestalt verschwammen wieder: Sie wurde durchsichtig, löste sich auf, und dann war da nur noch Valentinov, der schnell näherkam, mit einem erschrockenen Gesicht. Und der See natürlich, und der Himmel, und der See; der eine warf das Blau des anderen zurück. Und das Steinpflaster, das gegen seine Knie drückte – auch das tat nicht weh, und die Blume dort, wie sie glänzte, wie ihre Blätter im Wind zitterten. Die Sonne und das in so vielen Spiegelungen gehaltene Licht.

Er sah, wie Valentinov auf ihn zulief, Schritt für Schritt, wie gegen einen Widerstand. Er sah, wie eine Ente durchs Wasser trieb, die Flügel gefaltet, den Kopf weggestreckt, so daß eine zweite Ente mit dem Kopf nach unten ihr zu folgen schien. Eine Taube kreuzte tief darunter ihre Bahn: eine zweite, ihr Abbild, segelte durch die Luft, stieg höher, auf den Gletscher zu.

Sein Körper neigte sich vornüber. Seine Handflächen schlugen auf den Boden; er sah es, aber er spürte es nicht. Auf den lichtgefleckten Boden, noch feucht von der letzten hohen Welle. Und seine Entdeckung? Der Rest, die Gleichung, die er nicht ausgesprochen hatte, ohne die nichts verständlich war, die niemand sonst kannte? Er öffnete den Mund, aber er hatte keine Stimme mehr. Und keine Zeit: Die Sekunden rannen vorbei, die letzten, vielleicht auch nur eine, eine einzige Sekunde. Der Boden näherte sich. Eine Ameise schwamm in einer winzigen Pfütze.

Er hörte keine Geräusche mehr. Er hatte noch nie (doch: einmal) so eine Stille erlebt. Das Blau: Es konnte einen umschließen, und dann würde es ruhig sein, und dann hörte es auf. Plötzlich verstand er.

Die Sonne stand rund im Wasser. Umkreist von Möwen. Unter den in die Tiefe gerichteten Bergen. Dorthin ...?

Er hätte gerne jemandem gesagt, daß er begriffen hatte. Aber es war zu spät. Und auch nicht mehr nötig. Die Ameise hatte den Rand der Pfütze erreicht, kletterte auf einen Kieselstein, lief davon. Ließ eine dünne Wasserspur hinter sich.

Und er schlug auf den Boden, mit Kopf und Oberkörper, und die Kraft des Aufpralls rollte ihn auf den Rücken, und der Himmel kippte in sein Blickfeld, eine riesige Sonne, aber nun blendete sie nicht mehr. Auch eine gelbe Fahne. Und zwei Gesichter, eines mit Strohhut, eines mit Brille, spitzem Bart und farblosen Augen. Das eine hatte er einmal gekannt. Oder kennen wollen. Aber er wußte nicht mehr, welches.

Die Sonne erfüllte jetzt den halben Himmel. Auch der Gletscher schien näher. Eine Möwe zog einen fast vollkommenen Kreis. Ihm kam noch der Verdacht, daß es schon eine andere Sonne, ein anderer Gletscher und ein anderer Vogel waren: umgefaltet, jenseits der spiegelnden Fläche. Da löste er sich schon vom Boden und fiel, und das Blau des Raumes nahm ihn auf, und während er in das Gewölbe stürzte, schlossen sich seine Augen, und er sah nichts mehr, und dann hatte auch sein letzter, schon verformter, schon von anderswo stammender Gedanke sich aufgelöst, als wäre er nic dagewesen. Als wäre er nie dagewesen.

XVI

Die Sonne zerlief im See und färbte die Felswand rot. Über dem Wasser tanzte ein Mückenschwarm. Marcel warf seine Zigarette weg. Der Lichtbogen, den sie in die Luft malte, schien noch einen Moment stehenzubleiben, als sie schon im Wasser erloschen war.

Er atmete tief ein. Es war kühler geworden. Die Wellen schlugen gleichmäßig gegen den Stein. Die Bank, auf der er saß, war hart, und sein Rücken schmerzte. Er hatte sich vorhin nur ausruhen wollen; aber dann mußte er eingeschlafen sein. Ein merkwürdiger Traum: Ein kleines Mädchen hatte ihn mit starrem Ausdruck angesehen, ganz direkt, ohne etwas zu sagen, und plötzlich hatte es sich umgedreht und war davongegangen, sehr langsam, in kleinen Schritten, und da erst hatte er ihre Insektenflügel bemerkt ... Solche Träume hatte er sonst nie. Aber es waren auch seltsame Umstände.

David war in einem schwarzen Auto weggebracht worden. Zuerst war ein Rettungswagen dagewesen, doch der hatte ihn nicht mitgenommen, er durfte nur Lebende transportieren. Ein Kind hatte laut und fröhlich gelacht, als es den Mann aus dem Fernsehen erkannt hatte; seine Mutter hatte es erschrocken weggezerrt. Ein verwirrter Polizist hatte unbedingt irgend etwas wissen wollen. Und dieser Junge mit seinem Fahrrad, der allen im Weg gewesen war. Plötzlich war auch der Wissenschaftsminister aufgetaucht, noch immer rot im Gesicht, hatte sich umgesehen, etwas zu dem Polizisten gesagt, war wieder verschwunden. Ein paar Minuten später war dann das schwarze Auto erschienen, und zwei höfliche Männer hatten die Leiche mitgenommen. Aber am unangenehmsten war eine Fliege gewesen, die sich immer wieder auf Davids Gesicht gesetzt hatte, immer wieder, mit einem tiefen und satten Summgeräusch; sie war einfach nicht zu verscheuchen gewesen.

Marcel stand auf. Seine Gelenke fühlten sich steif an; er machte ein paar Schritte, aber es wurde nicht besser. Wann hatte er je auf einer Bank geschlafen?

Er mußte bald fahren. Er hatte überlegt, hier zu übernachten, aber dann entschieden, daß er das nicht wollte, daß er keine Sekunde länger bleiben würde als unbedingt notwendig. Seit zwei Tagen hatte er nicht geschlafen (bis auf die halbe Stunde, hier auf der Bank), und es war noch eine lange Fahrt. Er ging los in die Richtung der Straße, wo sein Auto parkte. Der feuchte Steinweg flimmerte rötlich, das Wasser sah fremd und blutig aus; die Felswand glänzte. Er ging an einem Orchideenbeet vorbei, vorbei an einer zweiköpfigen Palme, in der Dämmerung fast unheimlich, vorbei an einem

Mann, der ruhig dastand, gelehnt auf einen Spazierstock, und durch seine Brille den Sonnenuntergang beobachtete.

Marcel blieb stehen. Er trat näher, der andere schien ihn nicht zu bemerken.

»Herr Valentinov?«

Der Mann sah ihn an. Er nickte.

»Ich habe Sie gesucht. Den ganzen Tag. Eigentlich nicht ich, sondern ... ein Freund von mir. Er hatte heute nachmittag einen Herzinfarkt.«

»Doktor Mahler«, sagte Valentinov, »ich weiß. Ich habe es gesehen. Ich habe auch den Krankenwagen gerufen. Deswegen habe ich den Zug versäumt und ... Aber das ist jetzt egal.«

»Und?«

Das letzte Licht umrahmte Valentinovs Gestalt, machte sie zu einer schmalen Silhouette. Er senkte den Kopf und betrachtete den Knauf seines Spazierstocks. »Was meinen Sie?« Irgend etwas an ihm, an seinem Blick, kam Marcel vertraut vor.

»Konnte er noch mit Ihnen reden?«

Valentinov sah seinen Stock an, als wäre dort die Antwort. Dann schüttelte er den Kopf. Ein längliches Insekt löste sich von der Palme und stand ein paar Sekunden neben ihnen in der Luft. »Er war deswegen hier, ja?«

»Ja«, sagte Marcel, »deswegen.«

»Wegen seiner Theorie über die Zeit? Der zweite Hauptsatz?«

»Das wissen Sie?« Hinter ihnen schob eine Frau einen Kinderwagen vorbei, aus seinem Inneren drang das wütende Murmeln eines Säuglings. Valentinov sah sich neugierig um.

»Ich habe gestern nachmittag von einem Eilboten Doktor Mahlers Notizen bekommen. Außerdem hat er, soviel ich weiß, vor einiger Zeit einen Vortrag gehalten. Ich war dort, in der letzten Reihe, bin dann aber bald gegangen. Ein kleiner Skandal, man hat eine Weile darüber gesprochen. Ein paar Kollegen waren ziemlich begeistert.«

»Sie kennen seine Theorie?«

»Ich habe mir im Zug seine Aufzeichnungen durchgesehen. Eine seltsame Handschrift, viele Abkürzungen, eine etwas unkonventionelle Notation, und ehrlich gesagt, das Licht war nicht sehr gut, aber ... Doch ja, im Prinzip kenne ich sie.«

»Und?«

Valentinov schwieg. Marcel bemerkte, trotz seiner Nervosität, viele Dinge: Die Sonne war hinter den Bergen verschwunden; die Gipfel zeichneten sich dunkel vor dem Himmel ab. Auf der Straße ertönte eine Autohupe. Ein Kind weinte. In dem Hotel hinter ihnen waren jetzt alle Fenster erleuchtet, die ganze gläserne Fassade.

»Ich weiß nicht«, sagte Valentinov, »ob ich Ihre Frage verstehe.«

»Was ...« Marcels Stimme klang heiser; er räusperte sich. »Was halten Sie von seiner Theorie? Ich glaube nicht, daß das eine schwierige Frage ist!«

»Und ich glaube nicht«, sagte Valentinov langsam, »daß jetzt der richtige Moment ...«

»Bitte antworten Sie!«

»Wissen Sie, ich bekomme oft so etwas. Und immer wieder geht es um dieses Problem: die Zeit, der zweite Hauptsatz ... Ich sehe es mir jedesmal an, es könnte ja ... Aber ...«

»Ja?«

Das Kind schrie wieder. Vom See her kam kühler Wind auf, ein flüsterndes Geräusch.

»Leider.« Valentinov schüttelte den Kopf. »Obwohl es zunächst interessant aussah, und für einen Moment wurde ich auch stutzig, aber ... Ich würde Ihnen das lieber nicht unter diesen Umständen sagen. Aber nicht einmal seine Berechnungen waren richtig. Und der Rest – spekulativ! Reine Spekulationen, keine Wissenschaft. Nichts davon haltbar.«

»Danke«, sagte Marcel leise, »das wollte ich wissen.«

Valentinov hob seinen Stock – eine erstaunlich schnelle, graziöse Bewegung – und zeigte auf den Himmel. »Sehen Sie, bald werden wir die Sternbilder sehen, von hier oben geht das sehr gut. Aber wie Sie genau wissen, sind es keine Bilder; sie haben nichts mit uns zu tun. Alles hier ...« Er machte eine kreisende Bewegung mit dem Stock. »... hat mit uns nichts zu tun. Und immer wieder treffe ich

Menschen, die das nicht akzeptieren. Die sich lieber verfolgt und angegriffen fühlen, als umgeben von einer gleichgültig kalten Welt.« Er senkte den Stock. »Aber das heißt nicht, daß er kein Talent ist, Verzeihung, war. Das alles ist durchaus ungewöhnlich gedacht, eigenständig bis zur Verschrobenheit und . . .«

»Schon gut«, sagte Marcel, »schon gut. Ich wünschte, er hätte das hören können. Wir haben sogar Ihre Haushälterin geweckt, mitten in der Nacht, nur um . . .«

»Ich habe keine Haushälterin. Nie eine gehabt. Wissen Sie, ich frage mich, warum es immer wieder der zweite Hauptsatz ist. Vielleicht wirklich, weil er uns und allen Dingen, allen nur möglichen Dingen, den Tod vorschreibt. Ihn aufheben, das wäre . . . keine kleine Leistung. Aber es geht nicht, es wird nie gehen. Es *kann* nicht gehen; wenn irgend etwas sicher ist, dann das.« Er sah Marcel an und lächelte schwach. »Leider.«

»Ich danke Ihnen jedenfalls«, sagte Marcel, »daß Sie so offen gesprochen haben.« In Valentinovs Brillengläsern sah er sich selbst, seine eigenen Umrisse, vor dem Hintergrund des erleuchteten Hotels.

Valentinov legte den Kopf schief, stützte sich auf seinen Stock und nickte. Marcel wollte noch etwas sagen, aber dann wandte er sich ab. Vor ihm lag, schmal und erhellt nur von wenigen Laternen, der

Weg. Er ging mit großen Schritten, jetzt hatte er es eilig, von hier wegzukommen. An der zweiköpfigen Palme vorbei, auf die Stufen zu. Von den Tropenpflanzen ging ein süßlicher Geruch aus.

Er blieb stehen. Und drehte sich um. Valentinov stand noch immer dort; jetzt war er kaum mehr zu sehen.

»Er hat sich nie verrechnet!« rief Marcel.

»Wie bitte?«

»Er hat sich nie verrechnet.«

Valentinov hob den Kopf. »Sind Sie Physiker?«

»Nein. Nein, wirklich nicht.«

Valentinov zuckte die Achseln. »Dann müssen Sie mir wohl glauben.«

»Haben Sie seine Aufzeichnungen noch?«

Valentinov zögerte, schien einen Moment nachzudenken, dann schüttelte er den Kopf. »Verstehen Sie, wenn ich alles behalten würde, was man mir schickt, dann ... Ich bin nicht ganz unbekannt. Gibt es keine Kopien?«

»Es gibt«, sagte Marcel, »keine Kopien.«

»Dann werden wir es nicht erfahren. Sie werden mir glauben müssen.«

Im See flatterte ein Vogel auf. Es roch nach Blüten und nach dem Wasser.

»Wir werden es nicht erfahren«, sagte Marcel. »Aber das heißt nicht, daß ich Ihnen glaube.«

Ein paar Sekunden sahen sie einander an. Valentinov schien, aber vielleicht war das eine Täuschung, noch immer zu lächeln. Dann drehte Marcel sich um und ging schnell davon. Valentinov blickte ihm nach, ohne etwas zu sagen, ohne sich zu rühren, eine schmale Gestalt zwischen der hellen Fassade und dem schwarzen, sehr schwarzen See, in dem ein Spiegelbild des Mondes über den Bergspitzen hing.

Marcel stieg die Treppe hinauf, auf die Straße. Seine Gelenke schmerzten noch immer. Nun waren schon Sterne sichtbar. Und dort, mitten darin, ein Flugzeug: drei bewegte, blinkende Punkte. Die Luft war kalt. Ein großes Insekt flog vorbei; er hatte es kaum sehen können, denn eine Laterne war zerbrochen, und es war zu dunkel. Ihre Scherben knirschten unter seinen Schuhen. Ihr Mast ragte kopflos über ihm auf.

Er ging schneller. Dort war das Hotel, und davor stand sein Auto. Er mußte sich beeilen. Es war noch ein weiter Weg.